Edition Habermann

Ein Weitgereister kehrt zurück

Wege der Asche Anagarika Govindas

Herausgegeben von
Birgit Zotz

Edition **Habermann**
München 2021

© 2021 Edition Habermann
der Lama und Li Gotami Govinda Stiftung, München

Umschlagbild: Anagarika Govinda: Samādhi - Ausklang
(Pastell), © Lama und Li Gotami Govinda Stiftung

ISBN

Hardcover   978-3-96025-014-2
e-Book   978-3-96025-013-5

www.lama-govinda.de

Inhalt

Lama Anagarika Govinda im Bronze-Relief von Gertraud Wendlandt, 2018
(Denkmal am Ehrengrab Govindas auf dem Friedhof in Waldheim)

ZUR EINLEITUNG

Birgit Zotz

Ebenso bewegt wie der sich über mehrere Erdteile erstreckende Lebensgang des als Ernst Lothar Hoffmann geborenen Anagarika Govinda (1898-1985) waren die Wege seiner sterblichen Überreste. Erst Jahre nach seinem Tod wurden diese auf drei Kontinenten bestattet. Zuletzt kam es 33 Jahre nach dem Tod des deutschstämmigen Lama zur Beisetzung eines Teiles der Asche in einem Ehrengrab des mittelsächsischen Geburtsortes.

Zu diesem Ereignis am 20. April 2018, das die Stadt Waldheim, die *Lama und Li Gotami Govinda Stiftung* und die *François Maher Presley Stiftung für Kunst und Kultur* gemeinsam ausrichteten, erhielten die zahlreichen Gäste ein kleines Buch, das sie kurz über Govindas abenteuerliches Leben, sein vielfältiges Werk und die Vorgeschichte der späten Bestattungen unterrichtete.[1]

Nachdem dieser Band bald nach dem Anlass seines Entstehens vergriffen war, kam es wiederholt zu Anfragen an die Lama und Li Gotami Govinda Stiftung, ihn erneut zugänglich zu machen. Es schien sinnvoll dies mit dem vorliegenden Band in erweiterter Form zu tun, um zusätzliche Information für einen größeren Leserkreis bereitzustellen sowie im Rückblick etwas über das Ereignis von Govindas symbolischer Rückkehr nach Waldheim zu dokumentieren.

Über den Festakt am 20. April 2018 berichteten sächsische Medien ausführlich. Ein Film des Senders *Mittelsachsen TV* beginnt mit den Worten: »Dieser Tag geht in die Geschichte der Stadt Waldheim ein. Zahlreiche Besucher, viele Waldheimer und einige Gäste fanden sich auf dem Friedhof ein. Sie alle wollten dabei sein, wenn ein Weitgereister zurückkehrt. In der Friedhofskapelle Blumengrüße, die Urne mit einem Teil der Asche und ein Bildnis von Lama Anagarika Govinda. Ihn galt es an diesem Tag zu ehren. Festredner erinnerten an Stationen seines Lebens.«[2]

An der Zeremonie in der Friedhofskapelle und dem abschließenden Empfang im Rathaus nahmen Angehörige des politischen und kulturellen Lebens Sachsens, Vertreter der Lama und Li Gotami Govinda Stiftung, des von Govinda 1933 gegründeten Ordens Ārya Maitreya Mandala sowie der François Maher Presley Stiftung für Kunst und Kultur teil. Auch das Sächsische Staatsministerium für Kultus war vertreten. In der Friedhofskapelle gedachte Steffen Ernst, der Bürgermeister Waldheims, in einer Ansprache des bedeutenden Sohnes seiner Stadt, worüber die *Leipziger Volkszeitung* berichtete:

»›Auf allen Stationen seines Lebens hinterließ Anagarika Govinda Spuren‹, würdigte Steffen Ernst in seiner Ansprache in der Friedhofskapelle. Govindas Arbeiten machten nicht nur die buddhistische Kultur in Europa und Amerika bekannt, sie ließen ihn zum Weltbürger werden. Und so steht es auch auf seinem Grabstein geschrieben: ›Autor, Künstler, Weltbürger.‹ Drei wesentliche Begriffe, die den Sohn Waldheims charakterisierten, wie der ebenfalls anwesende Prof. Dr. Volker Zotz als Vorsitzender der Lama und Li Gotami Govinda Stiftung es beschrieb.

Autor, weil Anagarika Govinda bereits im Kindesalter erste Verse verfasste und sein Leben lang Gedichte, Drehbücher und auch den Bestseller ›Der Weg der weißen Wolken‹ schrieb.

›*Künstler* zu sein war für Anagarika Govinda das Wesentliche‹, trug Zotz weiter vor. ›Er schrieb einmal: Ich möchte als Künstler wiedergeboren werden.‹ Denn die wesentlichen Dinge ließen sich nicht in Worten, sondern nur in der Kunst ausdrücken.

Weltbürger, weil sich der Würdenträger selbst als ›indischer Staatsbürger europäischer Herkunft und buddhistischer Religion, der einem tibetischen Orden angehört und an die Bruderschaft der Menschen glaubt‹ bezeichnete.«[3]

Mit den buddhistischen Riten in der Friedhofskapelle und am Grab hatte die Lama und Li Gotami Govinda Stiftung mit der Stadt Waldheim einen in Sachsen wirkenden buddhistischen Abt aus Vietnam betraut: »Ungewohnte Töne klingen aus der Kapelle auf dem Waldheimer Friedhof. Der Abt Bhiksu Thich Hanh Tan und sein Begleiter tragen einen buddhistischen Segensspruch vor, in dem es um Weisheit und Mitgefühl geht. Sie ehren damit Lama Anagarika Govinda.«[4]

Würdig umrahmte ein regionales Orchester den Ablauf in Kapelle und Grab. »Dann ging die Urne mit den Überresten von Lama Anagarika Govinda auf die letzte Reise. Musikalisch begleitet, legte der Zug die letzten Meter der Heimkehr des Weitgereisten zurück. In Waldheimer Erde gebettet, erinnert das Ehrengrab mit Stein und seinem Relief an eine außergewöhnliche Persönlichkeit des 20. Jahrhunderts. Zahlreiche Menschen erwiesen Lama Anagarika Govinda diese späte Ehre.«[5]

Das von der François Maher Presley Stiftung für Kunst und Kultur gestiftete Bronzerelief des Grabdenkmals schuf die Bildhauerin Gertraud Wendlandt. Die 1951 in Altentreptow (Mecklenburg-Vorpommern) geborene Künstlerin studierte von 1971 bis 1976 an der Kunsthochschule Berlin Weißensee bei Karl Lemke, Werner Stötzer und Karl-Heinz Schamal. Sie lebt und arbeitet in Alt Schönau bei Waren (Müritz). Ihre Skulpturengruppen, überlebensgroßen Plastiken, Brunnen und weitere Werke finden sich in der Badischen Landesbibliothek in Karlsruhe, der Kunstsammlung und Hochschule in Neubrandenburg sowie in weiteren Museen etwa in Flensburg und Alt Schwerin. Eine Marmorbüste von Georg Philipp Telemann wurde 2017 in der Hamburger Laeiszhalle aufgestellt. François Maher Presley schrieb über die Künstlerin: »Absichtsvoll gliedert Gertraud Wendlandt ihre Plastiken und lässt sie als gestaltete, Widerstand leistende Substanz Raum verdrängen. Damit macht sie unsere Vorstellung von Raumbezogenheit und Raumentfaltung als nicht sichtbare, identitätslose Qualität für den Betrachter erfahrbar.«[6]

Gertraud Wendlandt behandelte das Relief auf eine Weise, die rasch zu einer natürlichen Patinierung führte. Die Darstellung von Govindas Profil sollte nicht neu wirken, sondern etwas von der buddhistischen Grundlehre der Nichtdauer aller Gegebenheiten ausdrücken. Genau dies wurde nach der Beisetzung der Asche von einer Waldheimer Stadträtin der CDU moniert. Sie forderte, das Bronzerelief mit »Klarlack« zu überziehen, um Patina zu vermeiden.[7] Wegen der Bedenken der Kommunalpolitikerin nahm die Stadt das ihr als Geschenk der François Maher Presley Stiftung zugdachte Denkmal zunächst nicht an.

Davon ausgehend gab es im Sommer eine öffentlich ausgetragene Diskussion, die von der Presse auch als »Govinda-Affäre«[8] oder als »Govinda-Streit« im Sinne »einer ausufernden Diskussion um den Zustand des Ehrengrabmals von Anagarika Govinda« bezeichnet wurde.[9] Die Presley Stiftung überlegte einen Rückzug aus der Stadt Waldheim, dessen kulturelles Leben sie seit Jahren stark förderte.[10] Der Bürgermeister machte sich persönlich auf, um Govindas Profil von übermäßigem Grünspan zu befreien: »›Ich habe einmal über das Bronzerelief gewischt, um einen Teil der Patina zu entfernen.‹ Nun sehe das Relief wieder so gealtert und lebendig aus, wie von der Künstlerin gewollt.«[11] Im September 2018 löste sich das Problem auf, und die Stadt nahm das Geschenk des Denkmals an: »Erhalten bleibt nun zumindest Anagarika Govindas Grabstein samt Bronze-relief in derzeitiger Form – inklusive Grünspan. Denn dieses Mal ging der Beschluss einstimmig und ohne weitere Anmerkungen durch den Verwaltungsausschuss.«[12]

Diese »Govinda-Affäre«, von einem Beobachter auch als »Witz aus der Provinz«[13] bezeichnet, trug dazu bei, dass der tibetische Lama mit indischer Staatsbürgerschaft und sächsischen Wurzeln vielen Menschen seiner ursprünglichen Heimat zum Begriff wurde, die ihn bis dahin nicht kannten. Dass am meisten der Grünspan auf seinem Porträt bewegte, mag man auch als Zeichen dafür sehen, wie weit Govinda sich vom Ort seiner Herkunft entfernte.

Das vorliegende Buch über Govindas symbolische Heimkehr gibt als ersten Beitrag die Rede »Ein Kreis schließt sich« wieder, die Bürgermeister Steffen Ernst am 20. April 2020 in der Friedhofskapelle auf Anagarika Govinda hielt. Mit dem zweiten Artikel »Die Lebensreise eines Weltbürgers« unternimmt die Herausgeberin einen Überblick über die Biografie und das Schaffen Govindas.

Die beiden folgenden Beiträge »Wege der Asche« von Volker Zotz und »Der steinige Weg der Heimkehr« von François Maher Presley gehen der Odyssee der sterblichen Überreste Govindas nach, im ersten Fall weltweit, im zweiten mit einem Focus auf die Geburtsstadt Waldheim.

Mit dem Verhältnis, das Govinda zu Lebzeiten zu seiner Heimatregion und damit auch zu seiner sächsischen Familie hatte, beschäftigt sich Volker Zotz sodann in »Anagarika Govinda und Sachsen.«[14]

Der letzte Beitrag widmet sich François Maher Presley, dessen Kulturstiftung das Grabdenkmal in Waldheim errichtete, in seinem Verhältnis zu Anagarika Govinda: »Beide Persönlichkeiten sind Grenzgänger, die konventionelle Schranken überschreiten, um als Reisende durch die Kulturen und Disziplinen der Kunst in Bewegung zu bleiben.«

Anagarika Govinda, nach dessen Überzeugung diese Bewegung auch mit dem Lebensende zu keinem Schlusspunkt gelangt, kommt zum Ausklang des Buchs selbst mit einem »Gespräch über den Tod« zu Wort: »Der Tod ist nicht das Gegenteil des Lebens und schon gar kein absolutes Ende, wie es bei oberflächlicher Betrachtung erscheint, sondern jedes Wesen pendelt fortwährend zwischen Geburt und Sterben, Neugeburt und neuem Sterben. Es ist ein Weg fortgesetzter Erneuerung.«[15]

1 Birgit Zotz (Hg.): *Ein Weitgereister kehrt zurück. Texte zur Beisetzung von Asche Lama Govindas in Waldheim 2018*. München 2018

2 *Mittelsachsen TV*: »Ein Weitgereister kehrt zurück.« Gesendet am 27. April 2018

3 André Pitz: »Letzte Ruhe für Anagarika Govinda in Waldheim.« In: *Leipziger Volkszeitung*, 23. April 2018

4 Frank Korn: »Heimkehr eines Weitgereisten.« In: *Sächsische Zeitung*, 21. April 2018

5 *Mittelsachsen TV*: »Ein Weitgereister kehrt zurück.« Gesendet am 27. April 2018

6 François Maher Presley: »Gertraud Wendlandt.« In einer Mitteilung der *Telemann Stiftung*, Hamburg

7 Frank Korn: »Verwirrung um Govinda Grabmal.« In: *Sächsische Zeitung*, 31. Juli 2018

8 Dirk Wurzel: »Govinda-Affäre geht weiter: CDU-Stadträtin soll um Verzeihung bitten.« *Leipziger Volkszeitung*, 16. August 2018

9 André Pitz: »Letzte Ruhe im Govinda-Streit.« In: *Leipziger Volkszeitung*, 13. September 2018

10 Nadine Franke: »Stiftung denkt über Rückzug nach.« In: *Sächsische Zeitung*, 16. August 2018

11 »Bürgermeister säubert Govinda-Grab.« In: *Sächsische Zeitung*, 17. August 2018 (signiert »DA/nf«)

12 André Pitz: »Letzte Ruhe im Govinda-Streit.« In: *Leipziger Volkszeitung*, 13. September 2018

13 Dirk Wurzel: »Govinda-Affäre geht weiter: CDU-Stadträtin soll um Verzeihung bitten.« *Leipziger Volkszeitung*, 16. August 2018

14 Der Text erschien ursprünglich im Katalog zur Ausstellung über Leben und Werk Govindas in Waldheim 2016/17: Volker Zotz: »Anagarika Govinda und Sachsen.« In: Birgit Zotz (Hg.): *Tibets Sachse. Ernst Hoffmann wird Lama Govinda*. München: Edition Habermann 2016, S. 101 - 111

15 Ursprünglich erschienen in: Lama Anagarika Govinda: *Weit über mich selbst hinaus. Gespräche über Tantra und Meditation*. Hg. von Birgit Zotz. Grafing 2017, S. 35 – 42

EIN KREIS SCHLIESST SICH

Steffen Ernst

Vorwort des Bürgermeisters der Stadt Waldheim (2018)

Im nächsten Monat jährt es sich zum 120. Mal, dass der Gelehrte, Künstler und Schriftsteller Ernst Lothar Hoffmann 1898 hier in Waldheim geboren wurde. 1928, vor genau 90 Jahren hat dieser Sohn unserer Stadt den europäischen Kontinent verlassen und sich auf einen weiten Weg begeben. Dieser führte ihn buchstäblich um die ganze Erde. Von Nordafrika, wo er unter anderem die islamische Kultur studierte, begab er sich nach Indien. Dort verbrachte er die meiste Zeit seines Lebens, mehr als ein halbes Jahrhundert.

Er nahm die indische Staatsbürgerschaft und den neuen Namen Anagarika Govinda an, heiratete die bekannte indische Künstlerin Li Gotami und vertiefte sich in Indiens reiche Kultur. Die Bücher, die er darüber schrieb, wurden in viele Sprachen übersetzt und haben besonders in den Jahrzehnten nach dem Zweiten Weltkrieg dazu beigetragen, die buddhistische Kultur des alten Indien in Europa und Amerika bekannt zu machen.

Von Indien aus hat Govinda legendäre archäologische Expeditionen nach Tibet unternommen, die er in seinem internationalen Bestseller Der Weg der weißen Wolken beschreibt. Seine bis 1949 gewonnenen Materialien und Aufzeichnungen aus Tibet dienen bis heute der Wissenschaft. Die letzten Lebensjahre verbrachte Govinda in den Vereinigten Staaten von Amerika, wo er bis zu seinem Tod 1985 Bücher schrieb und Vorträge an wissenschaftlichen Instituten hielt.

Auf allen Stationen seines Lebens von Europa über Afrika nach Asien und Amerika hinterließ er Spuren. So gibt es in Indien ein von ihm gegründetes tibetisches Kulturzentrum; an der Columbia Universität in New York besteht ein nach ihm benanntes Forschungsarchiv. Umgekehrt hinterließen alle Stationen seines langen Weges Spuren in seinem Leben. Erst 2016 bis 2017 konnten wir hier im Museum in Waldheim eine Ausstellung mit zahlreichen Gemälden sehen, in denen Govinda seine Eindrücke auf den verschiedenen Kontinenten festhielt.

Seine Studien und Reisen ließen Govinda im wahrsten Sinne des Wortes zu einem »Weltbürger« werden, der sich immer und überall für Toleranz, Offenheit und Verständigung einsetzte. Er hat sich selbst beschrieben als ein »indischer Staatsbürger europäischer Herkunft und buddhistischer Religion, der einem tibetischen Orden angehört und an die Bruderschaft der Menschen glaubt.« In diesem Sinne war sein Anliegen stets der Dialog, ein Brückenschlag zwischen Kulturen, Nationen und Menschen.

Indem am heutigen 20. April 2018, also 33 Jahre nach seinem Tod, ein Teil seiner Asche in einem Ehrengrab der Heimatstadt Waldheim beigesetzt wird, schließt sich ein Kreis. Ein Weitgereister kehrt nach dort zurück, wo sein der Kunst, Kultur und Wissenschaft gewidmeter Lebensweg vor 120 Jahren seinen Ausgang genommen hat.

Anagarika Govinda 1947

DIE LEBENSREISE EINES WELTBÜRGERS

Birgit Zotz

Der Weg des Gelehrten, Autors und Künstlers Anagarika Govinda, der ihn von Deutschland über Südeuropa nach Afrika, Asien und Amerika führte, begann im mittelsächsischen Waldheim, wo sein Vater August Hoffmann eine Zigarrenfabrik besaß. In dieser Stadt wurde Govinda am 17. Mai 1898 als Ernst Lothar Hoffmann geboren. Für die väterliche Familie zählten traditionelle Werte des deutschen Bürgertums wie Fleiß, Leistung und Bildung. Die früh verstorbene Mutter stammte aus Bolivien. Ihre Verwandten besaßen »Wismut-Minen in den Bergen von Quechisla« und berichteten von illustren Vorfahren in Südamerika. Besonders fesselte den jungen Ernst sein Urgroßvater Otto Philipp Braun (1798-1869), der nach Abenteuern in den USA und auf Haiti sich dem Befreiungskampf Simón Bolivars gegen den Kolonialismus in Süd- und Mittelamerika angeschlossen hatte.[1]

Aus diesem familiären Hintergrund, der ihn an zwei kulturellen Sphären teilhaben ließ, erwachte im jungen Ernst Hoffman der Wunsch nach umfassender Bildung und die Sehnsucht nach fernen Ländern.

Als Schüler las er begeistert Platon, Goethe und Kant. Klassiker der Literatur und Philosophie Europas blieben ihm zeitlebens eine wichtige Inspiration. Bei der Lektüre Arthur Schopenhauers, der das indische Denken schätzte, stieß Ernst Hoffmann auf den damals in Europa noch wenig beachteten Buddhismus, der ihn unmittelbar ansprach.

Der Erste Weltkrieg zerstörte sein Vorhaben, an der Universität von Freiburg im Breisgau Philosophie und Archäologie zu studieren. Er musste einrücken, erkrankte an der Front an Tuberkulose und verbrachte die Nachkriegszeit in Heilanstalten im Schwarzwald und in der Schweiz.

Dem begegnete er auf eine Weise, die typisch für sein Leben wurde: Er widmete sich schöpferischer Arbeit. Dem Tod nahe vollendete er 1919 im Sanatorium von Agra bei Lugano ein erstes Buch, das seine Hinwendung zum Buddhismus reflektiert: »Anfangs ein begeisterter Anhänger des Christentums« stieß er sich an den Ideen eines allmächtigen Gottes, die »mich bald zum völligen

Bruch mit der Kirche brachten und die letzten Reste meines alten Glaubens hinwegschwemmten.« Dieser schien ihm »nicht mit unserem Verstand zu vereinbaren,«[2] während ihn der Buddhismus als vernünftig ansprach.

1920 zog Ernst Hoffmann auf die Insel Capri, um in deren günstigen Klima Genesung zu finden oder zu sterben. Die Fotografin Anna Habermann (1868-1950), deren Tochter an Tuberkulose gestorben war, nahm den kranken jungen Mann dort auf und pflegte ihn. Sein Zustand besserte sich, und er setzte von Capri aus seine Studien fort.

Vom Deutschen Archäologischen Institut gefördert, erforschte er im Mittelmeerraum frühgeschichtliche Kultstätten und schrieb darüber eine umfassende Abhandlung. Architektur faszinierte ihn als »der präziseste und charakteristischste Ausdruck der menschlichen Kultur,« welche »die Seele eines Landes, einer Religion, sogar einer ganzen Lebensart in eine abstrakte und dabei höchst aussagekräftige Form« bringt.[3]

Neben der Archäologie beschäftigte ihn der Buddhismus. Die von Capri leicht erreichbaren Universitäten Neapels ermöglichten ihm, die klassische indische Sprache Pāli zu lernen, aus der er bald übersetzte. Ab 1926 veröffentliche er in der *Zeitschrift für Buddhismus* Teile des *Abhidhammatthasangaha*, eines Werks des Philosophen Anuruddha über buddhistische Psychologie. Den spröde wirkenden systematischen Text sah Ernst Hoffmann als Anleitung zur Kontemplation: »Wer das Buch nur durchliest, dem muss es trocken und langweilig erscheinen. Wer sich aber in seine Ideenwelt versenkt, dem wird – wie dem im Beschauen eines Bildes Verweilenden – aus den Beziehungen der Einzelheiten die Gesamtheit der Komposition lebendig werden.«[4] Lesen verstand er so als meditativen Akt und kein passives Aufnehmen von Daten.

Meditieren bildete seither ein zentrales Element im Leben Ernst Hoffmanns. Auf Capri übte er nach den Anweisungen des *Satipatthānasutta*. Diese Buddha-Rede lehrt das Entfalten von Achtsamkeit, indem man wachsam das Fließen des Atems oder das Aufsteigen und Abklingen der Emotionen beobachtet. Die Konzentration auf natürliche Prozesse des eigenen Wesens führte Ernst Hoffmann zu Erfahrungen, die er als Erweiterung und Intensivierung des Bewusstseins deutete, etwa ein Empfinden der »Unendlichkeit des Raumes«.[5]

Derartige Erlebnisse wandelten das Bild, das Ernst Hoffmanns vom Buddhismus besaß. Hatte dieser ihm ursprünglich als eine der Vernunft entsprechende Lehre gegolten, brachten ihn die meditativen Erlebnisse zur Auffassung, der Buddhismus erlaube auf der Basis einer dem Verstand fassbaren Lehre unmittelbare Einsichten.

Seine Erfahrungen reflektierte Ernst Hoffmann auch künstlerisch. Auf Capri entstanden Lyrikbände[6] und abstrakte Gemälde, die seine inneren Erlebnisse ausdrückten. Zudem schuf er Pastelle mit Landschafts- und Architekturmotiven, die ein meditatives Betrachten der äußeren Welt spiegeln.

Seine archäologischen Untersuchungen führten ihn von Capri nach Nordafrika, was er auch für religiöse Studien nutzte. Er lebte und übte mit Sufis der von Muhammad Ben Aïssâ (1465–1526) gegründeten Bruderschaft der Aïssâwa.[7] So ging Ernst Hoffmanns Interesse am Erkunden der Dimensionen des Bewusstseins weit über buddhistische Methoden hinaus. Schon in jungen Jahren zeigte sich, was Michael von Brück über den späten Govinda schrieb, er habe sich »einem alle Religionen transzendierenden Weisheitsideal genähert und war selbst die Verkörperung eines meditativ-aktiven Lebens im post-modernen Zeitalter. Er war am Dialog mit christlichen Partnern ebenso interessiert wie an einer geistig-moralischen Erneuerung in der technokratischen Welt.«[8]

Archäologe, Bewusstseinsforscher, Maler, Literat, Übersetzer klassischer indischer Werke, - Ernst Hoffmanns Programm ab dem dritten Lebensjahrzehnt wirkt keinesfalls bescheiden, zielte jedoch nicht auf öffentlichen Beifall. Für alle Aktivitäten gilt, was er über seine Gemälde sagte: Sie waren »unter dem Zwang gewisser Schauungen entstanden und nicht aus der Absicht, ›Kunstwerke‹ zu schaffen.«[9]

Sich mit den Mitteln des Dichters, des Malers und des Gelehrten auszudrücken, entsprach seinem Verständnis von Meditation als dem Bewusstwerden »der unendlichen Kräfte und Möglichkeiten des Geistes.«[10] Kein einzelnes Medium genügte ihm zur Wiedergabe seiner inneren Erfahrungen: Es geschah »oft, dass im selben Moment ein Gedicht in mir auftaucht, in dem ich die entsprechende Komposition in Farben und Form wahrnehme.«[11]

Sein intensives Programm sollte nicht zuletzt tiefen Sinn in ein Dasein bringen, von dem er aufgrund seiner Krankheit annehmen musste, es sei bald zu Ende. Davon geprägt, klingt im weiteren Werk eine existentialistische Note an. Er wollte nicht spekulieren, »ob Leben an sich« einen Sinn hat, sondern sah die Notwendigkeit, dass man »seinem Leben einen individuellen Sinn gibt. Denn so, wie in den Händen eines inspirierten Künstlers sich ein wertloser Lehmklumpen in ein unschätzbares Kunstwerk verwandelt, so sollten wir in gleicher Weise versuchen, aus dem uns zur Verfügung stehenden ›Lehm‹ unseres Lebens etwas Wertvolles zu gestalten, statt über die Wertlosigkeit dieses Lebens zu klagen. Unser Leben und die Welt haben soviel ›Sinn‹ wie wir ihnen zumessen und in sie hineinlegen.«[12]

Obwohl eine so verstandene Aktivität keine breite Wirkung verlangte, fand sein Schaffen schon in den 1920er Jahren manches Echo. »Ernst L. Hoffmann, der fern vom Modegeschrei unserer Zeit auf dem klar erkannten Pfad indischer Weisheit wandelnde Künstlerphilosoph,« wurde als Lyriker zur Kenntnis genommen, der »anstelle der geliebten Tagessensation geistige Einkehr und Erschütterung beschert.«[13] Seine Architekturstudien galten Archäologen als »gute neue Beobachtungen und wertvolle Berichtigungen der älteren Darstellungen.«[14]

Capri war damals ein bevorzugter Wohn- und Besuchsort internationaler Künstler und Intellektueller. Zwischen Ernst Hoffmann und dem amerikanischen Maler Earl Brewster (1878-1957), der sich dem Buddhismus zuwandte, entstand auf der Insel eine lebenslange Freundschaft. Der eng mit Brewster verbundene englische Schriftsteller D. H. Lawrence (1885-1930) vermittelte Ernst Hoffmann Impulse für sein weiteres Schaffen.[15] Unter weiteren Dialogpartnern auf Capri war der Maler Joseph Anton Schneiderfranken (1876-1943), der sich als spiritueller Autor Bô Yin Râ nannte.

Bis 1928 stabilisierte sich Ernst Hoffmanns Gesundheit so weit, dass er nach acht Jahren auf Capri zum Vertiefen seiner buddhistischen Studien auf die Insel Ceylon, das heutige Sri Lanka, zog. Er ließ dort seine Studien und Meditationen von Anton Gueth (1878-1957) anleiten, einem vormaligen Geiger, der 1904 als erster Deutscher unter dem Namen Nyanatiloka buddhistischer Mönch wurde. Damals nahm Ernst Hoffmann den religiösen Namen »Govinda« an, wurde jedoch bewusst kein Mönch: »Ich habe nie an den Wert derartiger Gelübde geglaubt – selbst der Buddha tat dies nicht.«[16]

Von Ceylon aus besuchte er 1931 Indiens Norden, wo er dem tibetischen Mystiker Ngawang Kalzang (1866-1936) begegnete. Dieser gelehrte Lama des Gelugpa-Ordens, den man auch Tomo Geshe nannte, beschrieben Zeitzeugen als herausragende Persönlichkeit mit ungewöhnlichen Fähigkeiten im geistigen Führen und Heilen. Auch Govinda erlebte ihn als Vorbild meditativer Verwirklichung und Beweis, dass »das, was die heiligen Texte lehren, hier und jetzt verwirklicht werden kann wie in den Tagen des Buddha.«[17] Von ihm als Schüler akzeptiert, empfing Govinda von Ngawang Kalzang seine erste Initiation nach der Tradition des tantrischen Buddhismus. Darüber berichtete er:

»Ich erfuhr überzeugend und über jeden Zweifel erhaben eine geistige Kraft, die sich durch kein intellektuelles Argument zu rechtfertigen brauchte. Was hier geschah, ging nicht den Weg des Erklärens und einer Beweisführung durch Worte. Unmittelbar erfuhr ich eine Kraft, die mir vergewisserte, dass ich kein abstraktes Ziel anstrebte, sondern einem sicher erreichbaren höheren Bewusstsein entgegenging. ›Wir sind dem Unsichtbaren näher als dem Sichtbaren verbunden,‹ schrieb Novalis. Im Augenblick der Initiation kann diese Verbindung erlebbar werden.«[18]

Fortan widmete sich Govinda der Praxis und Interpretation des buddhistischen Tantra. Briefe nach Europa verraten eine tiefe Begeisterung von der spirituellen Kultur Tibets und der Landschaft des Himalaja. Im geistigen wie geografischen Sinn hatte eine Heimat und die Aufgabe seines Lebens gefunden:

»Nun sitze ich also wieder in meinem Kloster auf weltabgeschiedener Höhe. Die Täler zu unseren Füßen sind so tief, daß wir selten ihren Boden erblicken; meist sind wir durch Wolken von ihnen getrennt. In den Morgenstunden grüßt uns die Eispyramide des Kanchenchunga, des zweithöchsten Berges der Erde. Man glaubt ein Gebilde aus einer anderen Welt zu erblicken, wenn man plötzlich am Himmel den krystallenen Gipfel dieses majestätischen Berges aufleuchten sieht. Er scheint frei im Äther zu schweben, ohne jede Verbindung mit der Erde, da die unteren Regionen meist unsichtbar sind. Der Berg ist ein Symbol Tibets, dieses geheimnisvollen Landes, das trotz Sven Hedin und anderen noch unentdeckte ist, weil alle diese Leute nur auf der Oberfläche herumgekrochen sind. Aber hat schon je ein Europäer unter gebildeten Tibetern gelebt oder in tibetanischen Klöstern; oder hat je einer der westlichen Tibetforscher in einer der großen tibetischen Universitäten studiert? Ich glaube, dass wir in Zukunft noch manche Überraschung betreffs Tibet erleben werden, und ich hoffe meinen Teil beizutragen in der Bekämpfung des Unsinns, der in der Welt über Tibet verbreitet ist. Was ich jetzt schon an tibetischer Kunst gesehen habe genügt, um mich von der geistigen Kultur dieses Landes zu überzeugen. Die religiösen Gebräuche, über die man gelächelt hat, sind voll tiefer Symbolik und von vollendeter Schönheit.«[19]

Um Ngawang Kalzang nahe zu sein, wenn dieser aus Tibet seine indischen Klöster besuchte, blieb Govinda im Norden des Subkontinents. Hier lernte er Rabindranath Tagore kennen, den Literatur-Nobelpreisträger von 1913. Dieser hatte in Śāntiniketan eine Universität gegründet, für die er Govinda als Dozenten gewann. Unter den veröffentlichten Vorlesungen Govindas findet sich eine bis heute oft zitierte über die Symbolik der Stūpa-Architektur.[20] Bald folgten Lehraufträge weiterer Universitäten. Eine in Patna gehaltene Veranstaltungsreihe über die Psychologie des frühen Buddhismus wurde zum viel konsultierten Buch.[21]

Zu den Aktivitäten als Gelehrter übte Govinda inspiriert von seinem Meister tantrische Meditation. Ngawang Kalzang erfuhr sein Wirken von dem Bodhisattva Maitreya geführt, der in Süd- und Ostasien als kommender Buddha verehrt wird. Daher empfand er eine besondere Verantwortung für die Zukunft. Wie Govinda »berichtete, sah sein Lehrer voraus, dass in naher Zukunft China von einer nach Tibet übergreifenden materialistischen Ideologie bestimmt würde. Um die von ihm bewahrten Mysterien für kommende Generationen zu erhalten, bestimmte Ngawang Kalzang, sein geistiges Erbe an geeignete Menschen, ›ohne Unterschied der Rasse, Kaste oder

Religion‹ weiterzugeben. Anagarika Govinda fiel die Aufgabe zu, diesen Maitreya-Impuls über den Himalaja-Raum hinauszutragen.«[22]

Hierzu rief Govinda 1933 den Orden Ārya Maitreya Mandala ins Leben, dem sich zunächst mit Forschungen zum tantrischem Buddhismus befasste indische Gelehrte anschlossen. In der Folge bildeten sich Zweige des Ordens in Vietnam, Europa und in den USA. Der Orden, den Govinda bewusst auf überschaubarer Größe hielt, »säte in der Stille viele Samen, die reichlich Früchte bringen sollten. Er förderte das ernsthafte Studium der historischen Quellen des Buddhismus, er errichtete Brücken zwischen den Traditionssträngen und brach verkrustete Traditionen auf.«[23]

Auch künstlerische Ambitionen verfolgte Govinda weiter. Auf Reisen in den Süden Tibets und nach Ladakh entstanden seit Anfang der 1930er Jahre Bilder tibetischer Landschaften und Architektur. Sie erregten Aufsehen bei Ausstellungen in Kalkutta, New Delhi und Bombay.

Govinda zeigte damals auch seine gegenstandslosen Gemälde der 1920er Jahre, in denen er auf Capri seine Meditationserfahrung reflektiert hatte. Damit löste er in Indien Diskussionen um den Wert abstrakter Kunst aus, wie sie in Europa bereits im Hinblick auf Werke Kandinskys und Mondrians geführt worden waren. Darum legte Govinda 1936 ein Buch vor, das die Bedeutung abstrakter Kunst im Hinblick auf das meditative und geistige Leben erklärte.[24]

Govinda zufolge führt eine fruchtbare spirituelle Praxis zur Kreativität, weil »immer dort, wo Religion eine lebendige Kraft ist, sie ihren natürlichen Ausdruck in der Kunst findet; ja sie wird selbst zur Kunst, so wie Kunst in ihrem höchsten Ausdruck zur Religion wird. Kunst ist der Maßstab für die Lebendigkeit einer Religion.«[25]

Bedeutende Maler der indischen Moderne wie Nandalal Bose, Asit Kumar Haldar und Abanindranath Tagore zollten Govinda Anerkennung.[26] Das Museum von Allahabad zeigte in einer eigenen *Govinda Hall* seit 1938 eine Dauerausstellung mit neunzig seiner Gemälde.[27]

Im selben Jahr wurde Govinda Staatsangehöriger seiner indischen Wahlheimat, womit sich auch im rechtlichen Sinn sein Name änderte: »Anagarika«, was zuvor die Lebensform als »Hausloser« bezeichnete, wurde zum Vornamen, »Govinda« zum Nachnamen. Entscheidend für den Wechsel der Nationalität war neben tiefer Verbundenheit mit Indiens Kultur und geistiger Tradition seine Ablehnung der Entwicklungen in Deutschland.

Schon vor der Machtergreifung der Nationalsozialisten gab er in Briefen seiner Abscheu vor »Hitlerschem Mordgesindel« Ausdruck.[28]

In jenen Jahren beteiligte Govinda sich an Aktivitäten, den im indischen Ursprungsland nahezu ausgestorbenen Buddhismus als eine geistige Kraft wiederzubeleben. Er koordinierte die Initiative zur Gründung einer internationalen buddhistischen Universität und widmete sich dafür dem Aufbau eines weltweiten Netzwerks. So begleitete er 1940 den damals bekanntesten Buddhisten Chinas, Meister Taixu (1890-1947), auf einer Pilgerfahrt zu den heiligen Stätten Indiens.[29]

Obwohl er über Indiens Grenzen hinaus Anerkennung als spirituelle Persönlichkeit, Künstler und Gelehrter erlangte, wurde Govinda im September 1940 überraschend von britisch-indischen Behörden festgenommen. Trotz seines Aufgebens der deutschen Staatsbürgerschaft, galt er im Zweiten Weltkriegs wegen seiner Herkunft als verdächtig. Das indische Nationalarchiv bewahrt einen Bericht des britischen Geheimdienstes, der Govinda eine »sehr kluge, intelligente Person mit mysteriösen Gewohnheiten und Verhaltensformen« nennt, die auf »westliche Gewohnheiten und Kultur verzichtet hat.«[30] Ausgerechnet die Nähe zur indischen und tibetischen

Kultur machte den Gegner des Nationalsozialismus zusätzlich suspekt.

Es folgten fünf Jahre in Lagern, die Govinda, der seine Freiheit schätzte, stark herausforderten und seine Gesundheit angriffen. Er beschäftigte sich, soweit es die Umstände zuließen, mit Studien, Schreiben und spiritueller Praxis. Ein Jahr widmete er ganz der Meditation des Cakrasamvara, einer anspruchsvollen tantrischen Praxis, in die ihn Ngawang Kalzang eingeweiht hatte.

Doch störten im Lager von Dehra Dun oft Spannungen zwischen nationalsozialistischen Internierten wie Heinrich Harrer und anderen, die wie Govinda das Hitler-Regimes ablehnten, den Frieden. Schließlich brachte die britische Lagerverwaltung die Nazis und ihre Kritiker getrennt unter, was für Govinda bis zur Entlassung 1945 ein ruhigeres Leben bedeutete.

In Freiheit fand Govinda eine nach dem Weltkrieg und angesichts der nahenden Unabhängigkeit Indiens stark veränderte Wirklichkeit. An zuvor verfolgte Projekte wie die buddhistische Universität ließ sich in dieser Situation schwer anknüpfen. So beschloss er, sich der Erforschung Tibets zu widmen. Schon vor der Internierung hatte Govinda über eine Expedition in das erloschene westtibetische Königreich von Guge nachgedacht.

Jetzt fand er eine Verbündete für die Pläne in der indischen Malerin und Fotografin Rati Petit (1906-1988), die er 1947 heiratete. Die Parsin, die sich fortan Li Gotami nannte, kannte Govinda seit den 1930er Jahren aus der Universität in Śāntiniketan, »wo ich als Lektor im ›Post-Graduate Department‹ tätig war und wo Li Gotami zwölf Jahre lang (anfangs unter Nandalal Bose und später unter Abanindranath Tagore) indische Kunst studierte und von tibetischen Künstlern auch tibetische Fresko- und Thangkatechniken erlernte.«[31]

Govinda und seine Frau unternahmen Expeditionen nach Süd- und Westtibet. Besondere Bedeutung erlangte ihre Arbeit in Tsaparang, der Hauptstadt des untergegangenen Königreichs von Guge. »Die Kunst von Tsaparang schätzte der weit gereiste buddhistische Gelehrte jedenfalls so hoch wie kaum etwas anderes und wie kaum ein anderer. Noch im Spätherbst 1948 – gewissermaßen am Vorabend der gewaltsamen Besetzung des Schneelandes durch China, verbrachte er gemeinsam mit seiner Gefährtin Li Gotami drei Monate unter teilweise widrigen Umständen in den Tempeln von Tsaparang, um Fresken zu kopieren und die dem raschen natürlichen Verfall ausgesetzten Kunstwerke für die Nachwelt zumindest in Kopien zu erhalten.«[32]

Die von Govinda und Li Gotami in Tsaparang erstellten Materialien dienen bis in die Gegenwart als wertvolle Quellen für wissenschaftliche Forschungen sowie für Ausstellungen zur westtibetischen Kunst- und Religionsgeschichte.[33]

Neben ihren Forschungen zur buddhistischen Kultur nutzten Govinda und Li die Tibet-Expedition, um ihre Praxis des tantrischen Buddhismus zu vertiefen. Zu diesem Zweck ließen sie sich von tibetischen Meistern in der Meditation unterweisen und initiieren. Govinda schien, dass alle Praktiken und Einweihungen, die er und Li »während unserer Pilgerfahrt in Süd-, Zentral- und Westtibet erhielten, Teile eines vollständigen Systems meditativer Erfahrung wären, die nicht nur untereinander in gegenseitiger Beziehung standen, sondern sich zu einem perfekten Mandala zusammenschlossen, einem ›magischen Kreis‹, in dem alle Hauptaspekte des religiösen Lebens Tibets enthalten waren.«[34]

Seit 1955 lebten Govinda und Li abgeschieden im Kumaon-Himalaja. Sie wohnten weitgehend als Selbstversorger in einem entlegenen Haus auf einem naturbelassenen Areal, um sich dem Meditieren, der Kunst, dem konzentriertem Schreiben und dem Unterweisen weniger Schüler aus Orden Ārya Maitreya Mandala zu widmen. Govinda legte in dieser Zeit weithin beachtete Werke wie *Grundlagen tibetischer Mystik*, *Der Weg der weißen Wolken* und *Schöpferische Meditation und multidimensionales Bewusstsein* vor.

Noch bevor er auf Basis dieser Werke weltweit als Autor bekannt wurde, entdeckten einzelne Besucher in Govinda einen Wissenden zu Themen des Buddhismus und Daoismus. Der Brite John Blofeld beschrieb ihn 1959 nach einer Begegnung als herausragenden Menschen »der Gelehrsamkeit, spirituellen Fortschritts und höherer Einweihung.« Blofeld erlebte bei Govinda »jenes seltene und unbeschreibbare Etwas, durch welches ein Mann von transzendenten spirituellen Fähigkeiten sich sofort zu erkennen gibt,« und folgerte: »Diese Stufe kann nur durch jemanden erreicht werden, der in der Kunst der Geisteskontrolle und Verinnerlichung des Bewusstseins weit fortgeschritten ist.«[35]

Derartige veröffentliche Zeugnisse bewirkten, dass für Indien-Reisende aus Europa und Amerika oft eine Begegnung mit Govinda suchten. Er galt als Meister geistiger Traditionen Indiens, besonders des klassischen Buddhismus, und zugleich als Lama, als Autorität für die in Tibet bewahrte tantrische Meditation. Über diese gab es im Westen kaum seriöse Auskunft, dafür umso mehr

Mystifikation. Govindas 1956 veröffentlichtes Werk *Grundlagen tibetischer Mystik* galt lange als *die* maßgebende Quelle zum buddhistischen Tantra.

Der Ruf, den er genoss, führte dazu, dass Govinda eingeladen wurde 1960 bei einer interreligiösen Konferenz in Italien den Buddhismus zu vertreten. Erstmals nach drei Jahrzehnten kam er dadurch wieder nach Europa. Er nutzte die Gelegenheit, um in mehreren Ländern öffentlich zu sprechen. Damals erschienene Berichte zeugen vom tiefen Eindruck, den er hinterließ. Man hob seine »gütige, feine äußerst bescheidene Art« hervor und das Empfinden, wie in seiner Gegenwart das, was »bisher Ideal war,« als »erlebbar, fassbar, Wirklichkeit« erschien.[36] Solche Mundpropaganda nach persönlichen Begegnungen und die Tatsache, dass das in viele Sprachen übersetzte Buch *Der Weg der weißen Wolken* ein paar Jahre später international zum Bestseller wurde, verstärkten Govindas Reputation, ein »Weiser« zu sein. So wurde ab den 1960er Jahren sein einsames Haus zum Magneten für suchende Menschen aus vielen Ländern.

Weil er selbst als Lyriker und Maler aktiv war, wünschten nicht zuletzt kreative Menschen, die sich dem Buddhismus und tantrischer Meditation zuwandten, einen Austausch mit ihm. Unter jenen, die ihn in Indien aufsuchten finden sich die amerikanischen Dichter Allen Ginsberg und Gary Snyder, die Urheber der »psychedelischen Revolution« Timothy Leary und Ralph Metzner und der Religionswissenschaftler Huston Smith. Auch Wissenschaftler wie der Physiker Werner Heisenberg suchten das Gespräch mit Govinda.

Viele der Besucher erlebten die Treffen mit ihm als entscheidend für ihren weiteren Weg. So bekannte der deutsche Komponist Peter Michael Hamel auch im Hinblick auf sein musikalisches Schaffen: »Die Begegnungen mit Lama Govinda gehören zum Wesentlichsten in meinem Leben.«[37]

Zur Faszination, die Govinda auf kreative Menschen ausübte, trug bei, dass er selber ein auf vielen Gebieten schöpferischer Mensch war. Er schuf ein künstlerisches Werk, buddhistische Studien, theoretische Reflexionen, Reiseberichte, Lyrik, Erzählungen, Drehbücher und Choreographien. Der amerikanische Tibetologe Robert Thurman (geb. 1941), der längere Zeit bei Govinda studierte, nannte diesen »zweifellos einen der größten Geister des Westens im 20. Jahrhundert, und er sollte einer Gruppe zugehörig betrachtet werden, die Einstein, Heisenberg, Wittgenstein, Solschenizyn, Gandhi und den Dalai Lama umfasst.«[38]

Angesichts des Besucherstroms fiel Li Gotami die undankbare Aufgabe zu, die meisten westlichen Pilger abzuweisen. Ein spiritueller Reiseführer warnte die Leser, der begehrte Lama sei nur nach Absprache mit seiner Frau zu treffen.[39]

Obwohl er die Zahl persönlicher Schüler und empfangenen Ratsuchenden zunehmend stark beschränkte, wollte er dem wachsenden Kreis seiner Leser durch unmittelbare Begegnung Impulse zu vermitteln. So folgten er und Li in den 1960er und 1970er Jahren Einladungen zu Vorträgen und längeren Lehrtätigkeiten nach Europa, Amerika, in Länder Asiens und nach Südafrika. Unter den Einrichtungen, an denen er Lehrverpflichtungen akzeptierte, finden sich 1968 das Esalen-Institut in Kalifornien und 1972 die Southern Methodist University in Dallas (Texas), wo er als Gastprofessur tätig war. Der finanzielle Erlös solcher Aktivitäten floss in das Projekt eines tibetischen Kulturzentrums in der Kumaon-Region.

Auf seinen Reisen lernte Govinda Persönlichkeiten kennen, mit denen er in Korrespondenzen Gedanken austauschte, darunter der Philosoph Jean Gebser,[40] der Religionsphilosoph Alan Watts, der Pionier der transpersonalen Psychotherapie Roberto Assagioli und die Schriftstellerin Luise Rinser (1911-2002).[41]

Aus gesundheitlichen Gründen verlegten Govinda und Li Gotami ihren Wohnsitz vom Kumaon-Himalaja ins mildere Kalifornien. 1980 kehrte er letztmals nach Indien zurück, das ihm lebenslang die geistige Heimat bedeutete. Die fünf Jahre bis zu seinem Tod wohnten er und seine Frau in einem kleinen Holzhaus in Mill Valley.

Govinda blieb bis an sein Lebensende aktiv, malte, empfing Schüler und schrieb. So überarbeitete er in den letzten Jahren unter anderem eine Studie über das Buch der Wandlungen[42] und verfasste eine Abhandlung über die Lyrik des chilenischen Bildhauers Tótila Albert.[43] Auch sprach Govinda regelmäßig im Zen-Zentrum von San Francisco, das sein Freund Shunryū Suzuki gegründet hatte.

Nachdem Govinda am 14. Januar 1985 starb, schrieb sein Hauptschüler und Nachfolger als Leiter des Ārya Maitreya Mandala, der Mediziner Karl-Heinz Gottmann (Advayavajra): »Bis in seine letzte Stunde war er ein Mensch, der aus einer natürlichen, ihm eigenen Disziplin regelmäßig ein großes Arbeitspensum bewältigte, das eine umfangreiche Korrespondenz und Gespräche mit Menschen einschloss, die ihn aufsuchten. Die Biographie dieses genialen und liebevoll gütigen Menschen, Künstlers, Wissenschaftlers und geistigen Lehrers muß noch geschrieben werden.«

1   Lama Anagarika Govinda: *Der Weg der weißen Wolken. Erlebnisse eines buddhistischen Pilgers in Tibet.* Zürich 1969, S. 120

2   Ernst Hoffmann: *Die Grundgedanken des Buddhismus und ihr Verhältnis zur Gottesidee.* Leipzig 1920, S. 5 und S. 19

3   Zitiert nach Ram Chandra Tandan: »Anagarika Govinda als Künstler. Eine indische Perspektive.« In: Birgit Zotz (Hg.): *Tibets Sachse. Ernst Hoffmann wird Lama Govinda.* München 2016, S. 44 - 70, hier S. 52

4   Govinda: *Abhidhammattha Sanghaha. Ein Compendium buddhistischer Philosophie und Psychologie.* München-Neubiberg 1931, S. 4

5   Vgl. zu diesen Erlebnissen Birgit Zotz: »›Die ganze Schönheit der Welt einzufangen.‹ Anagarika Govindas Weg über die Kontinente.« In: *Tibets Sachse*, S. 17-43, hier S. 23 - 24

6   Ernst Lothar Hoffmann: *Rhythmische Aphorismen.* Dresden 1927 und *Gedanken und Gesichte.* Dresden 1928

7   Vgl. Govinda, *Weg*, S. 418 - 421

8   Michael von Brück und Whalen Lai: *Buddhismus und Christentum: Geschichte, Konfrontation, Dialog.* München ²2000, S. 209

9   Govinda, *Mandala*, S. 17

10 Lama Anagarika Govinda: *Schöpferische Meditation und multidimensionales Bewusstsein.* Freiburg im Breisgau 1977, S. 126

11 Niranjan Majumder: »Die Kunst Sri Anagarika Govindas« [Interview]. In: Zotz (Hg.), *Tibets Sachse*, S. 151 - 156, hier S. 152

12 Lama Anagarika Govinda: *Lebendiger Buddhismus im Abendland.* Bern, München, Wien 1986, S. S. 123 - 124

13 Manfred Schneider zu *Gedanken und Gesichte*, Beilage zum Buch des Pandora-Verlags Dresden (1928)

14 Hermann Thiersch, Ordinarius für Archäologie der Universität Göttingen: »Bericht über eine Reise nach Malta, Sizilien und Sardinien.« In: *Nachrichten der Gesellschaft der Wissenschaften zu Göttingen* 1925/26, S. 21

15 Vgl. dazu Lama Anagarika Govinda: *Der Stupa. Psychokosmisches Lebens- und Todessymbol.* Freiburg im Breisgau 1978, S. 13 - 14

16 Govinda, *Weg*, S. 235

17 Govinda, *Weg*, S. 63

18 Lama Anagarika Govinda: *Initiation. Vorbereitung, Praxis, Wirkung.* Hg. von Birgit Zotz. Luxemburg, München 2014, S. 38

19 Brief Govindas an seine Familie vom 30. April 1931 im Archiv der Lama und Li Gotami Govinda Stiftung

20 Anagarika B. Govinda: *Some Aspects of Stupa Symbolism.* Allahabad, London 1940

21 Anagarika B. Govinda: *The Psychological Attitude of Early Buddhist Philosophy and its Systematic Representation According to Abhidhamma Tradition. Readership Lectures.* Patna University 1936-37

22 Volker Zotz: *Leitmotive des Ārya Maitreya Mandala.* Luxemburg 2013, S. 4

23 Peter Michel: *Die Großen Wegweiser: Lama Anagarika Govinda.* Grafing 1999, S. 37

24 Anagarika Brahmacari Govinda: *Art and Meditation. An Introduction and twelve Abstract Paintings.* Allahabad 1936, S. 32

25 Govinda, *Schöpferische Meditation*, S. 182

26 Vgl. hierzu Ram Chandra Tandan: »Anagarika Govinda als Künstler. Eine indische Perspektive.« In: Birgit Zotz (Hg.): *Tibets Sachse. Ernst Hoffmann wird Lama Govinda.* München 2016, S. 44 - 70

27 *Guide through the Govinda Hall of the Allahabad Municapal Museum.* Allahabad 1940

28 Brief vom 1. 12. 1932, Archiv der Lama und Li Gotami Govinda Stiftung

29 Vgl. dazu Birgit Zotz: »Anagarika Govinda und Chan-Meister Taixu.« In: *Der Kreis* 274 (Oktober 2015), S. 13 - 25

30 Dokument aus den *National Archives of India* (New Delhi), Kopie im Archiv der Lama und Li Gotami Govinda Stiftung

31 Govinda, *Weg*, S. 242

32 Martin Thöni: *Kailash – Guge. Tempel für Indiens Götter.* Gnas 2016, S. 180

33 Zum Beispiel »Guge. Vergessenes Königreich in Westtibet« im Historischen und Völkerkundemuseum St. Gallen 2016/17

34 Govinda, *Weg*, S. 243

35 John Blofeld: *The Wheel of Life. The Autobiography of a Western Buddhist.* London 1959, S. 236 - 237

36 Zu weiteren Eindrücken und Quellen vgl. Zotz, »"Die ganze Schönheit der Welt einzufangen"«, S. 35

37 Peter Michael Hamel: »'Maitreya' für Lama Govinda.« In: Friedhelm Köhler, Friederike Migneco, Benedikt Maria Trappen: *Freiheit Bewusstheit, Verantwortlichkeit. Festschrift für Volker Zotz zum 60. Geburtstag.* München 2016, S. 127 - 136, hier S. 135

38 Robert A. F. Thurman: »Introduction.« In: Lama Anagarika Govinda: *The Way oft he White Clouds.* Woodstock, New York 2005, S. 11 - 19, hier S. 11

39 William Simons (Hg.): *A Pilgrim's Guide to Planet Earth: Traveler's Handbook & Spiritual Directory.* San Rafael, Calif. 1974, S. 210

40 Rudolf Hämmerli: »Jean Gebser und Lama Anagarika Govinda. Eine Freundschaft.« In: *Der Kreis. Zeitschrift des Ārya Maitreya Mandala* Nr. 279/280 (2018), S. 4 - 12

41 Benedikt Maria Trappen: *Luise Rinser und Lama Anagarika Govinda. Analyse und Dokumente ihrer Begegnung.* (= Wissenschaftliche Schriftenreihe des Anagarika Govinda Instituts für buddhistische Studien, hg. von Volker Zotz, Band 1) München 2019

42 Lama Anagarika Govinda: *The Inner Structure of the I Ching. The Book of Transformations.* San Francisco 1981. Deutsch: *Die innere Struktur des I Ging. Das Buch der Wandlungen.* Freiburg im Breisgau 1983

43 Tótila Albert: *Merkwürdige Sachen.* Ausgewählt und eingeleitet von Lama Anagarika Govinda. Hg. von Volker Zotz. München 2021

Stūpa mit Asche Lama Govindas in Ghoom (Darjeeling), Indien

WEGE DER ASCHE

Volker Zotz

Sterbliche Überreste eines Menschen 33 Jahre nach seinem Tod beizusetzen, ist zweifellos ungewöhnlich. Dass dies im Fall Anagarika Govindas geschieht, passt jedoch zu einem Leben, das sich als Abfolge nicht alltäglicher Abenteuer charakterisieren lässt. An der italienischen Front im Ersten Weltkrieg, todgeweiht mit Tuberkulose im Sanatorium, überraschende Genesung und ein Künstlerleben auf Capri, intensive Begegnung mit islamischen Mystikern in Nordafrika, Auswanderung nach Indien 1928 und Annahme der indischen Staatsangehörigkeit, buddhistisches Pilgerleben, Zeiten bitterer materieller Not, Jahre der Internierung im Zweiten Weltkrieg, gefahrvolle Tibet-Expeditionen, Welttourneen als Bestsellerautor und letzte Jahre in Kaliforniens bunter spiritueller Szene: Jede einzelne dieser und weiterer Stationen könnte Stoff für Romane und Filme liefern, für Tragödien wie für Komödien. Govindas Werdegang kannte tiefes Leid wie die Freuden der Kreativität und Erkenntnis, jedoch keinen Stillstand.

Das bewegte Dasein, das ihn über die Kontinente der Geografie und des Geistes führte, fand im Hinblick auf die Frage seiner Bestattung ein posthumes Nachspiel. Seine sterblichen Überreste setzten über Jahre und Erdteile die Wanderung eines »Hauslosen« fort, was Govindas gewählter indischer Name »Anagarika« wörtlich bedeutet.

Was einmal mit seinem Leichnam geschehen sollte, war zu Lebzeiten kein Thema für Govinda. Der physische Tod galt ihm als geistiges Fortschreiten in ein neues Leben, wobei man den Leib ablegt wie ein zerschlissenes Kleid. Govinda fand es angemessen, dass man in Tibet »viele Leichen mit Äxten und Hämmern zerstückelt und zermalmt, um sie den Geiern zum Fraß anzubieten.«[1] Aus seiner buddhistischen Perspektive war es zwecklos, an einem für immer abgelegten Gewand zu hängen und es bewahren zu wollen. Das Schicksal seiner sterblichen Überreste, überließ er darum seiner Witwe Li Gotami Govinda (1906-1988) und seinen engsten Schülern. Er konnte davon ausgehen, dass sein Körper dem Feuer übergeben würde, wie es dem Brauch der meisten buddhistischen Kulturen entspricht.

Nachdem Lama Govinda am 14. Januar 1985 in Mill Valley Kalifornien gestorben war, vollzogen zwei

Persönlichkeiten in seinem Wohnhaus die Totenriten, sein Hauptschüler und Erbe Karl-Heinz Gottmann (1919-2007) und Choeje Ayang Rinpoche (* 1942), ein geistlicher Würdenträger der tibetischen Drikung Tradition des Buddhismus. Anschließend wurde der Leichnam verbrannt.

Im Sinne Govindas wäre wahrscheinlich gewesen, die Asche in der Folge an einem einsamen Ort zu verstreuen oder bescheiden an einem Platz beizusetzen, an dem sich seine Schüler und Angehörigen seiner erinnern dürfen.

Doch Choeje Ayang Rinpoche befand nach den Totenriten, dass es sich bei Anagarika Govinda um eine herausragende Persönlichkeit handelte, die außergewöhnlich weit auf dem Weg des Buddha voranschritt. Govinda war, wie es Ayang Rinpoche ausdrückte, »ein vollendeter Praktiker und erlangte tiefe Verwirklichung.«[2] Andere einflussreiche tibetische Geistliche wie Tarthang Tulku (geb. 1934/35) vertraten dieselbe Auffassung. Mit der Ansicht, Govinda habe, wie man in christlicher Terminologie sagen würde, ein heiligmäßiges Leben geführt, stellte sich die Frage nach dem Umgang mit der Asche neu.

Die sterblichen Überreste verwirklichter buddhistischer Meister werden als Reliquien betrachtet, von denen besondere Segen und Inspirationen für die Lebenden ausgehen, weil in ihnen auf eine geheimnisvolle Weise etwas von dem Verstorbenen gegenwärtig bleibt. Dieser Reliquienkult findet sich bereits in der frühen Zeit des Buddhismus. Schon vom Gründer, dem Buddha Gautama Siddhārtha heißt es, man habe vor zweieinhalb Jahrtausenden seine Asche mehrfach geteilt, um sie an verschiedenen Orten Indiens in speziellen Grabmälern beizusetzen, die man als *Stūpa* bezeichnet.

Auch Govindas Asche sollte derart an verschiedenen Orten beigesetzt werden. Man wollte auf den drei Kontinenten Europa, Asien und Amerika, auf denen Govinda hauptsächlich wirkte, Asche bestatten. Ein weiterer Teil sollte in Obhut des jeweiligen Oberhauptes des von Govinda gegründeten Ordens Ārya Maitreya Mandala bleiben.

Das rituelle Teilen der Asche stand Govindas Erben und geistigem Nachfolger Karl-Heinz Gottmann zu, der Neville G. Pemchekov Warwick (1932-1993) damit beauftragte, einen langjährigen Schüler des Lama. Warwick hatte schon die Trauerfeier für den mit Govinda befreundeten Religionsphilosophen Alan Watts (1915-1973) geleitet[3] und dessen Asche geteilt. Ein solches Aufteilen und Weitergeben der Asche, das er nun auch für Govinda vornahm, war in Kalifornien möglich, wäre

Karl-Heinz Gottmann mit dem Abt von Samten Chöling bei der Beisetzung eines Teils der Asche in Ghoom 1997

jedoch in Deutschland aus rechtlichen Gründen problematisch gewesen.[4]

Als Warwick mit seinen Händen die Asche in vier für die drei Kontinente und den Orden bestimmte Teile trennte, glaubte er darin perlenartige Kügelchen zu entdecken. Dies schien für die Anwesenden das Urteil von Ayang Rinpoche zu bestätigen. Denn nach einem verbreiteten buddhistischen Glauben hinterlässt spirituelle Verwirklichung im Körper Spuren der Verwandlung, weshalb sich in der Asche verstorbener Meister kleine kristall- oder perlenartige Kugeln finden.

Ob Govinda an einer solchen posthumen Wendung seines Lebens ins Hagiographische Gefallen gefunden hätte, darf bezweifelt werden. Er verstand sein Schaffen und seine Lebensform als Kunst und sich selbst als Künstler, nicht als Heiliger. »Menschlichkeit ist wichtiger als Heiligkeit,« sagte er und bezeichnete die manierierte Güte, die manche europäische Buddhisten zuweilen durch geziert bescheidenes Sprechen mit betont milder Mimik zu Schau stellen, humorvoll als ein »Stinken nach Heiligkeit.« So mag es ganz im Sinn des Anagarika sein, wenn seine Asche sich nicht kultischer Verehrung aussetzte, sondern auf jahrelanger Wanderschaft blieb.

Die drei Teile der Asche, die für Beisetzungen in Asien und Europa sowie für den Orden bestimmt waren, nahm 1985 in Kalifornien Karl-Heinz Gottmann entgegen und überführte sie nach Deutschland. Doch hier fand sich kein geeigneter Ort zur Bestattung. Vor der politischen Wende und friedlichen Revolution in der DDR 1989/90 und in den Jahren unmittelbar danach schien eine Beisetzung in der Geburtsstadt Waldheim aussichtslos.

So entschloss Karl-Heinz Gottmann sich, auch den ursprünglich für Deutschland bestimmten Teil der Asche in Indien beizusetzen. Hier war die Frage nach dem geeigneten Platz nicht einfach, verbrachte doch Anagarika

Govinda die längste Zeit seines Lebens in Indien, wo er tiefere Beziehungen zu mehreren Orten hatte. Besonders boten sich Almora im Kumaon-Himalaja an, wo er lange Jahre lebte, und Ghoom bei Darjeeling, wo Govinda seinem maßgeblichen buddhistischen Lehrer Ngawang Kalzang (Tomo Geshe Rinpoche) begegnete und im Anschluss in den 1930er Jahren lange mit Anna Habermann wohnte.

Karl-Heinz Gottmann wählte schließlich Ghoom, was die dortige tibetische Gemeinschaft mit großer Freude aufnahm. Auf dem Gelände des buddhistischen Klosters Samten Chöling in Ghoom entstand ein Stūpa im tibetischen Stil zum Gedenken an Govinda. In diesem wurde in einer großen Zeremonie unter Leitung Karl-Heinz Gottmanns und des Abtes von Samten Chöling am 22. Februar 1997, zwölf Jahre nach Govindas Tod, die für Indien und die ursprünglich für Deutschland gedachte Asche beigesetzt.

Der für den Verbleib in Amerika bestimmte Teil der Asche war 1985 von Neville Warwick Vertretern des San Francisco Zen Center übergeben worden, einer bekannten buddhistischen Institution, zu der Govinda in Amerika intensive Beziehungen unterhielt. Schon mit deren erstem spirituellen Leiter, dem japanischen Zen-Meister

Shunryū Suzuki (1905-1971), war Govinda freund-
schaftlich verbunden. Mit Suzukis Nachfolger Zentatsu
Richard Baker (* 1936) bestand ein starkes gegenseitiges
Verhältnis des Vertrauens, und Baker fühlte sich, wie er
mir 1983 sagte, wie ein Sohn Govindas. Das Haus in Mill
Valley, in dem der Lama mit Li Gotami die letzten Lebensjahre verbrachte, stand im Eigentum des San Francisco Zen Center ebenso wie die unweit vom Haus gele-
gene Green Gulch Farm, zu der ein großes Gelände mit
biologischer Landwirtschaft und einem buddhistischen
Tempel gehört, in dem Govinda regelmäßig lehrte.

Unter Leitung Richard Bakers war das San Francisco
Zen Center zu einer materiell prosperierenden Einrich-
tung mit eigenen Wirtschaftsbetrieben gewachsen. Als
ich mich 1982 und 1983 bei Govinda aufhielt und auf der
Green Gulch Farm wohnte, erörterte man dort das Projekt eines künftigen Museums, das Gemälde und Expedi-
tionsmaterial Govindas dauerhaft öffentlich zugänglich
machen sollte. Govinda stellte zu diesem Zweck bildneri-
sche Werke und Ausstellungsobjekte zur Verfügung.

Als die Vertreter des Zen Center San Francisco ihren
Teil der Asche übernahmen, wollten sie dafür beim ge-
planten Museum einen repräsentativen Stūpa errichten,
der Elemente klassischer buddhistischer und westlicher

Architektur vereint. Museum und Stūpa sollten gemeinsam eine würdige amerikanische Gedenkstätte für den Lama bilden.

Doch nicht lange vor Govindas Tod musste Richard Baker, dem außereheliche sexuelle Beziehungen vorgeworfen wurden, die Leitung des San Francisco Zen Center abgeben.[5] Dies hatte Turbulenzen und personelle Fluktuation zur Folge, wodurch die Pläne mit Lama Govinda zunächst auf dem Abstellgleis landeten, bis sie im Lauf der Jahre unter wechselnden Verantwortlichen mit abweichenden Präferenzen schließlich in Vergessenheit gerieten.

Was mit der in Kalifornien verbliebenen Asche geschah, blieb sogar für die Lama und Li Gotami Govinda Stiftung lange ein Rätsel. 2013 erhielt ich überraschend eine Nachricht von Ken Winkler, einem Hochschulprofessor für Literatur in Santa Monica, der 1990 die erste Biografie Lama Govindas in Buchform veröffentlicht hatte.[6] Eine zu Govindas Lebzeiten im Leitungsgremium des San Francisco Zen Center aktive Frau hatte die Asche in ihrer Obhut und übergab sie nach fast drei Jahrzehnten dem Govinda-Biografen, der sie an mich weiterleiten sollte.

Ken Winkler hatte den Wunsch, einen Teil davon auf kalifornischem Boden zu verstreuen. Ich verstand, dass amerikanische Freunde und Schüler Govindas, den Lama und sein geistiges Erbe auf diese Weise symbolisch mit der eigenen Erde verbinden wollten.

Der Ort an dem etwas von der Asche ausgestreut wurde, liegt unweit der Green Gulch Farm, wo Lama Govinda im letzten Lebensabschnitt oft lehrte, und nahe beim Mount Tamalpais, wo Asche seines Freundes Alan Watts liegt. Durch Ken Winkler kenne ich die genaue Stelle und hoffe, dass die Govinda Stiftung dort in nicht ferner Zukunft einen Gedenkstein errichten darf.

Im Juli 2014 nahmen Birgit Zotz und ich bei Ken Winkler in Santa Monica die Asche entgegen, und wir überführten sie im selben Jahr nach Europa. 2015 nahm ich Kontakt mit dem Waldheimer Bürgermeister auf, damals Steffen Blech, was ein Zusammenwirken der Lama und Li Gotami Govinda Stiftung und der Geburtsstadt des Anagarika einleitete. Mit dem gegenwärtigen Bürgermeister Steffen Ernst kam es 2016 bis 2017 zur Ausstellung Tibets *Sachse. Ernst Hoffmann wird Lama Govinda*, bei der im Waldheimer Museum Gemälde des Anagarika und Exponate aus seinem Leben gezeigt wurden.

Im Mai 2018 war es nun möglich, die aus Kalifornien überführte Asche in einem Ehrengrab der Stadt Waldheim beizusetzen. Etwas von Govinda kehrte dahin

Shunryū Suzuki Rōshi und Lama Anagarika Govinda

zurück, wo er als Ernst Lothar Hoffmann seinen Weg begann.

Damit hat sich 33 Jahre nach Anagarika Govindas Tod die ursprüngliche Absicht verwirklicht, in Deutschland, Indien und Amerika Orte des Gedenkens für den Lama zu schaffen, wobei die Asche dazu eine wahre Odyssee zurücklegte: Der für Deutschland bestimmte Teil wanderte von Amerika über Europa nach Indien;

der in Amerika verbliebene Teil kam größtenteils nach Deutschland, um in Waldheim eine bleibende Stätte zu finden.

Das hier im Auftrag von François Maher Presley geschaffene Grabdenkmal mit dem Bronzerelief der aus europäisch-künstlerischen Tradition wirkenden Bildhauerin Gertraud Wendlandt und der klassische tibetische Stūpa im indischen Ghoom könnten in Stil und Anlage kaum verschiedener sein. Sie wirken wie Symbole für die beiden Ausgangspunkte des Brückenschlags zwischen Europa und Asien, den Govinda mit seinem Leben und Werk anstrebte. Dass der in Kalifornien geplante Stūpa, der westliche und östliche Stilelemente vereinen sollte, nicht zustande kam, fügt sich in diese Symbolik: Ein eurasischer Humanismus, der das Essentielle der geistigen und künstlerischen Traditionen Asiens und Europas zusammenbringt, bleibt eine Zukunftsaufgabe, die sich abschließend nie verwirklichen lässt. Denn der schöpferische Austausch der Kulturen kennt statt der Endstation eine Brücke, die immer wieder in beide Richtungen zu überqueren ist, wie Govinda einmal schrieb, um zu einem Bürger zweier Welten zu werden.[7]

1 Vgl. den Text »Über den Tod. Ein Gespräch mit Lama Anagarika Govinda«, hier S. 23 - 33

2 *Der Kreis* 174 (Januar-März 1985), S. 105

3 Vgl. »Alan Watts zum Gedächtnis.« In: *Der Kreis* 110 (1974), S. 2

4 Kerstin Gernig: »Was aus Asche alles werden kann – Vom Aschea-mulett bis zur Beisetzung im Lavastrom.« In: Dominik Groß, Brigitte Tag, Christoph Schweikardt (Hg.): *Who wants to live forever? Postmoderne Formen des Weiterwirkens nach dem Tod*. Frankfurt am Main 2011, S. 113 - 124, hier S. 119

5 Vgl. dazu James William Coleman: *The New Buddhism. The Western Transformation of an Ancient Tradition*. New York und Oxford 2002, S. 167 – 168, und David Schneider: *Street Zen. The Life and Work of Issan Dorsey*. Boston und Lodon 1993, S. 138-140

6 Ken Winkler: *1000 Journeys: The Biography of Lama Anagarika Govinda*, Oakland 1990; deutsche Ausgabe: *Lama Anagarika Govinda. Die Biographie*. Grafing 1994

7 Lama Anagarika Govinda: *Schöpferische Meditation und multidi-mensionales Bewusstsein*. Freiburg im Breisgau 1977, S. 11

DER STEINIGE WEG
DER HEIMKEHR

François Maher Presley

Die folgende Geschichte ist eine typisch deutsche, deren Rahmen von einer der bedeutendsten Erfindungen der deutschen Nation geprägt ist, nämlich von der »Deutschen Industrie Norm« (DIN), die ihren Ursprung im Mai 1917 in der Gründung des »Normenausschusses für den Maschinenbau« hatte und sich im Laufe eines Jahrhunderts ins Denken und Handeln eines gesamten Volkes gefräst hat, Materielles und Immaterielles in Größe, Form, in Wert oder Ansicht ordnet, sich verbreitet und aus der immer neue Blüten der »Ordnung«, man darf auch sagen der »deutschen Ordnung«, erwachsen, ein Begriff, der im Englischen nur mit dem Wort »order« übersetzt werden könnte, der die »Ordnung« und die daraus erwachsenden Konsequenzen für den Alltag, ja für ein gesamtes Leben der sich der DIN unterordnenden Menschen widerspiegelt. Sie entwickelte sich ganz nach

1. Moses 1:28: »...*Seid fruchtbar und mehret euch und füllet die Erde und machet sie euch untertan und herrschet über die Fische im Meer und über die Vögel unter dem Himmel und über alles Getier, das auf Erden kriecht...*«. Einer Krake gleich umschlang sie mit ihren Armen alle nur erdenklichen Lebensbereiche und zuletzt war den ihr folgenden Menschen nicht mehr recht klar, war erst die Lutherbibel oder die DIN, kam die DIN vor der Erschaffung des Menschen und gleich im Anschluss an das Entstehen der Welt, und agierte sie selbstständig oder von einer unsichtbaren Hand eines Schöpfers geführt, dessen Gedanken so in Reih und Glied umgesetzt wurden und Verbreitung fanden. Ursprünge verwischten und die Moderne bezeichnete sich durch die Schnittstelle DIN zwischen alter und neuer Zeit: Im Jahre 1830 vor DIN, im Jahre 1935 nach DIN. Alles wurde von der Norm verschluckt, alles jedoch schien auch aus dieser Norm zu erwachsen. So erging es dann auch den Menschenrechten oder der Demokratie. Sie wurden 1945 nach DIN zu einer deutschen Erfindung, die sofort in einen Rahmen, also eine Norm, gegossen wurde, der man den Namen »Grundgesetz« gab. Die »Deutsche Industrie Norm« verdient jedoch einen viel poetischeren Namen wie etwa »Am deutschen Wesen mag die Welt genesen«. Das galt

schon einige Jahre vor der Erhebung von Georg Kolbe zu einem der »Unsterblichen« des deutschen Volkes und ebenso wenige Jahre nach dem 2. Weltkrieg, in dem es natürlich auch darum ging, DIN zu verteidigen, die DIN der Rassen, die des richtigen politischen Systems, die der arischen Kunst, zusammen alle »deutschen Normen«. Da ist es nur logisch, dass Deutschland auf einen festen Sitz im Weltsicherheitsrat pocht. Dann würde sich die Welt ändern, es würde besser laufen. So wie in Deutschland alles besser läuft, nicht immer besser, aber doch besser als woanders, besser auch als in den USA. Da läuft nichts mehr, nichts mehr DIN-gerecht. Das verstehen wir Deutschen nicht, sind doch bald 25 Prozent der weißen US-Amerikaner deutschstämmig und hatten sicherlich unzählige von ihnen DIN im Gepäck, die es in der neuen Heimat nur auszupacken und umzusetzen galt.

Auch die »Waldheimer Friedhofsordnung« ist ein Arm der Krake DIN, mehr noch erscheint sie heute den Beteiligten als die eigentliche Erweiterung einer »gesamtdeutschen Friedhofsnorm« mit Anspruch auf weltweite Verbreitung. Gerade bei Friedhöfen und deren Organisation hat sich der deutsche Erfindungsreichtum bekanntlich in das Gedächtnis der Menschheit »gebrannt«. Da erinnert man sich sofort an den Kantor von Waldheim, der schon frühzeitig darauf aufmerksam gemacht hatte, dass die Bundesländer der Republik gleich den Kirchenbezirken sind. Kirchenrecht über Bundesrecht. Göttliches Recht über Menschenrecht. Das erscheint erst einmal logisch. Gerade Religion behauptet sich eigentlich nur noch wegen ihrer DIN-Befähigung, nicht aber wegen der schrumpfenden Zahl der Gläubigen. Die schrumpft nicht tatsächlich. Weiterhin glauben alle Unwissenden, aber eben nicht mehr an die Kirchen und ihre oft sehr konstruiert wirkenden Götter, trotz der vielen Konkordatslehrstühle an deutschen Universitäten, denen sich nun auch mehr und mehr DIN-gerechte Lehrstühle für Islamwissenschaften beiordnen. Was Luther mit dem Katholizismus geschafft hat, schafft man natürlich auch mit dem Islam. »Am deutschen Wesen mag (in diesem Falle) der Islam genesen«. Zurück zu den Gläubigen, die nun mehr und mehr an die eigentliche Norm, die »Deutsche Industrie Norm«, genau genommen an die Norm einer höheren Macht glauben. Sie entwickelt sich aus sich heraus, reproduziert sich gewissermaßen und steht damit über allem.

Sie gilt bald auch in Spanien. Fast alles in Spanien ist mit deutschem Geld finanziert worden; gleich nach General Franco ging das ja schon los. Kaum starb der 1975, wurde Juan Carlos I. zum König proklamiert, ließ ein Parlament wählen, und das wiederum gab dem Land eine DIN-gerechte Verfassung. Weise Voraussicht, denn umgekehrt gab Europa Geld, also überwiegend gab Deutschland Geld. Die Herzen der Menschen gewinnt man natürlich mit Geld, erst mit der »Deutschen Mark«, dann mit dem DIN-gerechten, eigentlich auch *deutschen* Euro. Man gewinnt nur selten mit der Demokratie. Würde man den weltweiten Umfragen folgen und die ersten freien Wahlen zur Volkskammer in Ostdeutschland im März 1990 als das nehmen, was sie waren, regional und manche munkeln sogar wirtschaftlich motiviert, wüsste man sofort, was Menschen wollen. Regeln. Ordnung. Norm. Am besten gleich die »Deutsche Industrie Norm«. Und *Osten* über Ostdeutschland hinaus ist ja auch keine Option mehr. »Schuster bleib bei deinem Leisten!« Mit dem Winter im Osten haben es die Deutschen nicht so, wie ja auch schon Napoleón, trotz der weltweit auch in Diktaturen beliebten »Leopard 2« Panzer nicht.

Spanien ist nur ein Beispiel. Nehmen wir Griechenland. Hier wurde die DIN schon weit vor Juan Carlos I. eingeführt, gar vor ihrer Erfindung, war sie doch immer schon Teil des deutschen Wesens. Das erledigte Otto Friedrich Ludwig von Wittelsbach, ein bayerischer Prinz, schon als erster König von Griechenland 1832 bis 1862. Damals war Griechenland in fast jeder Hinsicht Wüste. Es war keine Infrastruktur vorhanden, keine Verwaltung, keine Wirtschaftskraft, es gab keine Regeln. Das sollte sich ändern. Und obwohl es schon lange keinen deutschstämmigen griechischen König mehr gibt, regelt man noch heute in gewisser Weise alles nach DIN, erst nach dem deutschen Wesen und nach dessen Bündelung zur DIN-Norm nach dieser. Mit einigen Taschenspielertricks konnte man der Währungsunion 2001 beitreten, die *Deutschen* drückten alle Augen zu, mithilfe der *Deutschen* wurde Griechenland 2009 vor dem Staatsbankrott gerettet, diesmal waren die Deutschen mit offenem Visier aktiv, und heute ist das Land wieder auf Kurs, auf DIN-Kurs, natürlich und zudem genesen.

Doch sollten wir hier nicht kleinlich sein, denn in diese Wesensliste der Entwicklung durch deutsche Gnaden fallen natürlich auch viele andere Länder, darunter Polen, das es beim ersten Mal schon nicht begriffen hatte, Ungarn, das begreift es allerdings noch immer nicht, Tschechien, die Slowakei und viele mehr in der auf die Europäische Union vergrößerten Bundesrepublik Deutschland und damit auch auf den europaweit vergrößerten Wirkungskreis der DIN.

Fangen wir mal von vorn an. Plötzlich kam ein Lama mit dem Namen Anagarika Govinda ins Spiel der politischen Klasse einer Kleinstadt in Mittelsachsen, in einer Gegend, die früher im Westen in die Nähe des »Tals der Ahnungslosen« gerückt wurde. Jemand, der sich, schlimmer noch, dessen Asche sich in keine DIN einfassen ließ. Seine sterblichen Überreste in Form seiner Asche sollten, nur weil er einmal in Waldheim geboren wurde und in der Kleinstadt im mittigsten Teil von Mittelsachsen aufwuchs, bevor es ihm endlich und mit vielen intellektuellen Übungen gelang, die 13 Hügel, welche die Stadt in fast jeder Hinsicht begrenzen, zu überwinden, ja hinter sich zu lassen, dort beerdigt werden und das nicht einmal vollständig. Auf dem Waldheimer Friedhof sollte seine »Restasche« ihre letzte Ruhe finden in wilden Zeiten der ostdeutschen Renaissance. In Waldheim beerdigt werden nur gemeldete Einwohner der Stadt. Govinda zählte nicht dazu, er hatte selbst seinen deutschen Pass abgegeben, wurde nicht einmal ausgebürgert. Schlimmer aber noch sollte ihm in der Kolbe-Metropole des Zschopautals ein Ehrengrab zuteilwerden, obwohl er eben nicht von Adolf Hitler in dessen »Gottbegnadeten-Liste« aufgenommen worden war.

Diese Liste hatten Hitler und seine Mannen eingerichtet, um so die für den Nationalsozialismus von Bedeutung

gewesenen Künstler aller Kunstgattungen vom Wehr-
dienst freizustellen, damit sie sich der Propaganda des
DIN-Reiches widmen und an dem »deutschen Wesen«
weiterarbeiten, ja feilen konnten. Nun kann man dem
Schriftsteller und Philosophen Hoffmann, später Govinda, keinen Vorwurf machen, war es doch nicht ganz
einfach, in die nur 1.041 Personen umfassende Liste der
»Gottbegnadeten« von »Hitler-Gottes-Gnaden« aufgenommen zu werden. Georg Kolbe dagegen gelang es.
Sein fast nervtötender, da alle Kreativität verschlingen-
der Realismus, schlich sich – einer Krankheit gleich –
sogar auch in die persönliche Liste Hitlers ein, die noch
über der von »Hitler-Gott-Begnadeten«-Liste rangierte,
die der »Unverzichtbaren«. Da hinein gelang es nur vier
Bildhauern, vier Malern, vier Architekten, nur sechs
Schriftstellern, drei Musikern und vier Theaterschau-
spielern, natürlich nicht Ernst Lothar Hoffmann, der am
17. Mai 1898 in Waldheim geboren wurde und bereits
1928, und damit noch vor der Machtergreifung, seiner Heimat den Rücken kehrte, später gar die indische
Staatsbürgerschaft und einen Namen mit Titel annahm:
»Lama«, von dem man noch bis in die letzten Jahre in
Mittelsachsen vermutete, dass es sich um die in den süd-
amerikanischen Anden verbreiteten und zu der Familie

der Kamele zählenden, bis zu einer Schulterhöhe von 130 Zentimetern großen domestizierten Tiere handeln würde, die auch schon einmal spucken. Govinda jedoch ließ sich eben nicht domestizieren, und er war auch niemand, der anderen mit Spucken beikommen wollte, sondern der sich durch künstlerische Tätigkeit und Lehre dem Gegenüber näherte, nicht gegen dessen Willen, also war er auch nicht so aggressiv wie ein Lama, aber beständig. Nur wenig hatte dieser Mann mit einem guten deutschen Künstler gemeinsam, mit der deutschen Rasse jedoch seine Körpergröße, die hier nun zu Asche zerfallen und zudem um zwei Drittel reduziert worden war, fast ist man an das zerstörte Reich erinnert. Handelte es sich überhaupt um seine Asche? Eine Urne wie ein Trojanisches Pferd.

Konnte man für Georg Kolbe knapp zwei Millionen Euro für ein eigenes Museum in seiner Geburtsstadt lockermachen, so war ein Ehrengrab für Govinda ein finanzieller Posten, den sich die Stadt für einen, der durch und durch für Widerspruch zu allem steht, was in der deutschen Provinz an Werten hochgehalten wird, nicht leisten wollte. Zudem, was hat der Lama, um das Missverständnis nicht weiter anzufeuern, was hat Govinda der Stadt hinterlassen, der Stadt, dem Landkreis, dem Bundesland, der Republik? Keine bleibenden materiellen Werte, die noch weit verbreitet irrtümlich als *bleibend* missverstanden werden. Die Hoffnung der »Lama und Li Gotami Govinda Stiftung« schien sich im Rausch der Bedeutung großer und zahlreicher anderer Ehrenbürger und Künstler der Kleinstadt zu verlieren, so wie ein Teil der Asche Govindas sich nach seinem Tod über die Weiten Indiens verloren hatte, um so eins mit seiner Wahlheimat zu werden. Um das Interesse der Bürger zu wecken, stellte die Stiftung eine Ausstellung aus dem Nachlass zusammen und bot diese der Stadt zum Geschenk an, deren Kulturbeauftragte die Schenkung auf einen Pass und ein Fernrohr reduzieren wollte, welche ihr als wesentlich aus Govindas Leben erschienen und alle Jahre wieder mit einigen Texten, sein Leben beschreibend, in einem Koffer des städtischen Museums in der Abteilung Heimatkunde als interaktive Präsentation der Bevölkerung gezeigt werden sollten, mit Schubladen, die man sogar aufziehen kann. Der Reisende, dargestellt durch Reisepass und Fernrohr in einem zu öffnenden Koffer in einer Ausstellung, die sich ganz nebenbei allen bedeutenden Bürgern der Stadt widmet, so auch einem Oberlehrer und Heimatdichter, einem Angestellten des ehemaligen

Zucht-, Armen- und Waisenhauses, heute die Justiz-
vollzugsanstalt Waldheim, einigen Pfarrern oder einem
Stadtverordneten. Das Werk Govindas, reduziert auf
Visastempel und ein Fernglas.

Doch dann geschah es, dass sich eine Stiftung für
Kunst und Kultur des Themas »Drama des begabten Kin-
des« (nach Alice Miller) annahm, deren vordringliche
Aufgabe es ist, Menschen mit Kunst und Kultur in Verbindung zu bringen. Govinda war dafür der geeignete Ver-
mittler, insbesondere aber jemand, dessen »Göttlichkeit«
sich von selbst ergab und keines Diktats bedurfte. Kunst
als Freiheitsbegriff. Bildung als Freiheitsbegriff. Waren es
nicht auch Menschen aus Sachsen, die in einer friedlichen
Revolution für die Freiheit gekämpft und so Teilhabe an
der deutschen Wiedervereinigung hatten? Friedlich für
Freiheit, für die Freiheit der Lehre, die Bewegungsfreiheit
und…, das ist Govinda! Tatsächlich verständigte man
sich nach bald drei Jahren nun recht schnell auf ein Ehrengrab für den bedeutenden Sohn der Stadt und fand
sogar einen ehrenvollen Platz, in dem der letzte Teil der
Asche in einer Urne versenkt werden sollte.

»Lernen ist wie rudern gegen den Strom. Sobald man
aufhört, treibt man zurück«, sagte der britische Komponist Benjamin Britten (1913-76). Der hatte diese

ihm zugeschriebene Volksweisheit von den Chinesen. Bekanntlich halten die sich nicht an die DIN. Japaner schon. Achsenmacht eben. Govinda ist ein Leben lang gegen den Strom gerudert. Ein oftmals harter Weg. Im übertragenen Sinne ein *steiniger* Weg. Und wir alle wissen natürlich, dass es nicht die Berge sind, über die ein Reisender stolpert, es sind die vielen Steine, die, erst einmal unbeachtet, dann aber zu Stolpersteinen werden können. So auch auf dem letzten Weg des Denkers. Wenige Tage vor seiner Beisetzung ging ein Raunen durch die Verwaltung. Der viel gereiste Sohn der Stadt, man kann sagen, der verloren gegangene und damit auch vergessene Sohn der Stadt, also dessen in einer Urne versiegelte Asche, schien ein weiteres Mal verloren gegangen zu sein, diesmal aber nicht in den Weiten der Welt, geschweige denn der Gedanken, zu denen Menschen befähigt sind, sondern in den Amtsstuben Waldheims. Die »Govinda-Stiftung« hatte rechtzeitig vor der Beisetzung eine Sendung mit der Urne angekündigt, nach deren Verbleib gesucht wurde und von der man annahm, dass sie entweder auf dem Postweg verloren gegangen war – man hört viel über verschwundene Sendungen, seitdem die Post der DIN entrissen und zu einem Privatkonzern umstrukturiert wurde – vielleicht aber auch zugestellt und vom Empfänger nicht richtig untergebracht, womöglich als marmorierte Amphore einer fremden Kultur in den Archiven unter »ungewollte Schenkungen« verstaut und vergessen wurde. Die Urne fand sich nicht im Archiv, nicht im Kulturamt, nicht im Rathaus, und selbst der Friedhofsverwaltung oder deren Angestellten war eine solche Sendung nicht bekannt. Was für ein Drama, und das war auch der Beweis für die Richtigkeit des Vergessens, für die Notwendigkeit des Ignorierens, für die Ehrung von Kolbe und den Verzicht auf die Asche eines eigentlich Fremden, dem es nur unter vielen Mühen gelang, die 13 Hügel der Stadt Waldheim zu überwinden, der nun umgekehrt nicht in der Lage war, diese Hügel passieren zu können.

Doch Recht, im übertragenen Sinne »Möglichkeit«, ist mit dem Stärkeren. Das gilt nicht allein in faschistischen Systemen, das gilt in jedem System, auch in der Demokratie, ebenso in der evolutionären Entwicklung unserer Welt. Gelassenheit ist zum Beispiel eine solche Kraft und damit Möglichkeit. Denn mit dieser konnte das Verschwinden des im Ort so unbekannten und doch bedeutenden Sohns Waldheims durch die Stiftungsvorstände – zwei Stiftungen waren nun engagiert, die Steine zu beseitigen – aufgeklärt werden, wenngleich da etwas gefunden wurde, was gar nicht verloren gegangen war. Der Würde Govindas wegen wurde die Urne nicht per Post transportiert, sondern in einem Fahrzeug wenige Tage vor der Beerdigung mitgebracht. Aber es sollte ein weiteres Steinchen zu einer erst einmal unüberbrückbaren Hürde mutieren. Die Urne war aus Marmor. Zudem hatte sie keine seitig angebrachten Halterungen, an denen sie, vom Friedhofspersonal gehalten, in den Boden hätte eingelassen werden können. Beides verstieß erneut gegen das in den Mittelpunkt der Gemeinde und des friedhöflichen Lebens gestellte Kirchenrecht, mehr noch gegen die Friedhofsordnung mit vermutet weltweiter Bedeutung und gegen die DIN. Urnen nämlich müssen sich nach einer bestimmten Zeit auflösen, zerfallen, eins mit dem Erdreich werden, zudem haben sie ein bestimmtes Maß einzuhalten und ab einem bestimmten Maß eine seitlich angebrachte Halterung aufzuweisen. Wie ist es möglich, dass diese Verordnungen, dass diese Normen in Indien nicht bekannt waren, man sich offenbar daran nicht halten würde? Indien war nun mal keine deutsche Kolonie. Englisch. Das sagt viel. Hier wurde die Weltgeltung der Waldheimer Friedhofsordnung, eigentlich der Kirchenregeln in Kombination mit der deutschen »Wesens«-DIN missachtet und, passend zum Vorgang, untergraben. Da halfen keine Gespräche, keine Darlegungen darüber, dass die Friedhofsordnung des Mittelpunktes des Mittelsächsischen eben auch nur für diesen Friedhof gilt. Die nächsthöhere Instanz sollte entscheiden, der Pastor, doch der war auf einem Außentermin, denn nur noch wenige seiner »Schäfchen« fühlten sich bemüßigt, auf seinen Feldern zu weiden, geschweige denn in seine überdimensionierte Kirche auf einem der Hügel der Stadt und in der Nähe des von ihr beschatteten Friedhofs zu kommen. Sein Vertreter war nach einem längeren Gespräch mit dem Bürgermeister bereit, die Verantwortung vor Gott zu übernehmen, daher war es gut, dass nicht er oder sein Kollege die Grabrede zu halten hatten, »Asche zu Asche und Staub zu Staub«, sondern ein buddhistischer Mönch, man kann sagen ein Heide, denn nur Heiden glauben an die Ewigkeit des Menschen auf der Erde, hier vertreten durch eine auf Dauer nicht zerfallen wollende Urne. Ergänzend war der Bürgermeister bereit, die weltliche Verantwortung zu übernehmen, Kraft seines Amtes. So geschah es, und die Schwere des Vorgangs wurde mit der durch Erkenntnis erschaffenen Leichtigkeit Govindas vom Leben und Überleben, vom Kommen und Gehen, vom Anfang und dem sich darin schon verbergenden Ziel überwunden. Ganz seinem Denken entsprechend, ging man aufeinander zu, über die Parteizugehörigkeit hinaus, über die Religionen und Konfessionen, über Regeln und Normen und fand nun einen Weg, der steinig bleiben sollte, aber dem Fremden aus dem noch fremderen Indien die Tür öffnete und damit dem Gedanken zur Tat verhalf, Fantasie sich in Realität verwandelte, Erkenntnis durch Möglichkeit, anders als bei dem »Hitler-Gott-Begnadeten, unverzichtbaren« Kolbe, in dessen Arbeiten sich Realität spiegelt, ganz unabhängig von Inhalt und Qualität, offensichtlich auch die Zeit der deutschen Diktatur sich spiegelt.

Es war so weit. Govinda konnte seine letzte Ruhe finden. Der dritte Teil seiner Asche fand über viele Irrwege – dieser Begriff ist ein reines Konstrukt und ausschließlich auf Gedanken, weniger auf Wirklichkeit bezogen – zurück. Der Denker wurde wieder einmal zu einem »Brückenbauer«, ganz im Sinne von Matthäus 7:7: »*Bittet, so wird euch gegeben; suchet, so werdet ihr finden; klopfet an, so wird euch aufgetan. Denn wer da bittet, der empfängt; und wer da sucht, der findet; und wer da anklopft, dem wird aufgetan. Welcher ist unter euch Menschen, so ihn sein Sohn bittet ums Brot, der ihm einen Stein biete?...*« Tatsächlich klopften die Stiftungsvorstände an, und es wurde geöffnet, es wurde gesucht und gefunden, der

Ehrengrab auf dem Friedhof in Waldheim

Sohn der Stadt bat (im übertragenen Sinne), und man räumte all die kleinen Steine beiseite. Wenngleich es in einer Stadt, deren Marktplatz aus ungezählt vielen Pflastersteinen besteht, noch einige zu überwinden galt.

Die Hoffnung darauf, dass sich zu dieser Beisetzung eine Vertretung der politischen Klasse des Bundeslandes Sachsen zu einigen Worten bereitfinden würde, zerschlug sich schnell. Das Bittschreiben benötigte Wochen durch die Instanzen, wenngleich es nach Rang immer nur abwärts ging, bis zuletzt auf eine Mitarbeiterin verwiesen wurde, mit der man Kontakt aufzunehmen hatte, die im für Religionen und Weltanschauungen zuständigen Referat des Freistaats Sachsen tätig war, mit der Gnade des Wissens gesegnet, dafür aber mit Unkenntnis über Anagarika Govinda und sein Werk. Wer einer solchen Person, die zur Bildungselite der Republik zählt und gleichsam auch das verkörpert, was Bildung darstellt und was nicht, eine Rede antragen will, muss mit Bedeutung und Wichtigkeit des Vorgangs überzeugen, nicht jedoch mit den vielen Beiträgen im Netz zum Thema oder den weltweit zahlreichen Publikationen, ja sogar Bestsellern, mit etwas, das unumstrittene Wirklichkeit, mehr noch für alle gleichsam geltende Wahrheit darstellt, wenngleich der Wahrheitsbegriff subjektiver Natur ist, und weil das also schon aus dem Grunde nicht funktioniert, weil eine solche Einstellung eben auch nur die Erkenntnis aus sich heraus als Erkenntnis und Wirklichkeit und Wahrheit erlaubt, enthielt sie sich nicht allein der Rede, sondern auch einer Zusage für ihr Kommen und kam dann doch. Sie ging auf einen der Stifter zu, der sich gerade mit einem Gewaltverbrecher unterhielt, dessen bewachter Freigang ihn zur Beerdigung führte, um damit einem von ihm in der Gefängnisbibliothek entdeckten Thema näherzukommen, und begrüßte diesen: »Ich freue mich, Sie einmal kennenzulernen. Sie sehen den vielen Fotos in der Presse über Sie sehr ähnlich. Deswegen weiß ich gleich, wer Sie sind. Darf ich mich Ihnen vorstellen?« Der Gefangene und der Stifter haben optisch nur wenig gemeinsam, der eine ist von oben bis unten schwarz gekleidet, die Körperhaltung einem Türsteher vor einer Diskothek oder einer Bar gleich mit nach vorn verschränkten Armen, tätowiert, glatzköpfig, über 1,80 Meter, mit großer, dunkler Sonnenbrille, der andere mit einem Boss-Kaschmirmantel, einem dunkelgrauen Anzug bekleidet, etwa 1,70 Meter groß, volles dunkelblondes Haar, eine modische Brille tragend und zudem ohne zwei Beamten, die ihn zur »Betreuung« und natürlich Überwachung begleiteten. »Das ist nicht mein Name. Zudem bin ich Straftäter, zu lebenslanger Haft wegen Mordes verurteilt und heute auf Freigang«, antwortete der Strafgefangene, dessen Hand von der die deutsche und DIN-gerechte politische Elite vertretenden kleinen Dame nicht wieder freigegeben wurde, hielt sie sich doch eher an ihr fest, währenddessen der Mörder ihr den Stifter mit dem Hinweis vorstellte, dass wohl nichts an den äußeren Erscheinungen zu einer solchen Verwechslung hätte führen können, vielleicht meinte er gar, nichts als Ignoranz. Der Stifter lachte. Der Gefangene lachte auch. Der DIN-gerechten Elite blieb nur die Beerdigung ihrer Menschenkenntnis und ihres Bildungsniveaus. Sie stellte sich daraufhin dem zweiten Herrn mit Händedruck vor, der ihr seinerseits noch einmal den Gefangenen vorstellte, dem sie erneut die Hand reichte, wie in Trance. »Es ist ja auch mal schön, einen Strafgefangenen kennenzulernen«, hörte man sie sagen und »Wir haben nicht gewusst, welche Bedeutung Govinda in der Welt hat. Stellen Sie doch bitte einen Antrag, um ihn in die Liste der bedeutenden Sachsen aufnehmen zu lassen.« Wieder so eine Liste, diesmal aber auf Basis einer DIN und zudem demokratisch beantragbar. Erneut eine Verwechslung. »Unsere Stiftung hat es sich zur Aufgabe gemacht, Menschen mit Kunst und Kultur in Kontakt zu bringen. Wir sind zwar an dieser Beerdigung beteiligt, doch diesen Antrag müsste der Vorstand der ›Govinda-Stiftung‹ stellen, dessen Vorsitzenden ich Ihnen nun vorstelle.«

Obwohl die Halterungen fehlten, kam es nach der Trauerfeier und während des Versenkens der Urne nicht zu einem Hexenschuss oder anderen körperlichen

Beschwerden des Friedhofmitarbeiters, lediglich zum allgemein hingenommenen Aussetzen der Regel der DIN und damit zu einer sinnlichen Erinnerung an das ungewöhnliche Leben Govindas, das sich nicht an Regeln orientierte, zudem der geistigen Heilung von Menschen verschrieben war. Die Urne wurde versenkt. Das Grab wurde mit Sand gefüllt. Es kam im Rathaus zum Leichenschmaus, und die Stiftungen machten die Urne und das Grab der Stadt zum Geschenk. Allen Beteiligten fiel ein Stein vom Herzen, der erst einmal lautlos auf den Asphalt glitt, wo er sich allerdings in neue kleine Steine zerlegte, die nun für weitere Hindernisse sorgen sollten.

Während der öffentlichen Sitzung des Verwaltungsausschusses der Kleinstadt im DIN-genormten, aber dann doch im täglichen Umgang miteinander wilden Osten Deutschlands, wurde von einer kleinbürgerlichen, in eine bildungsbürgerliche Familie eingeheirateten Ratsherrin die Schenkung aufgrund der schlechten Qualität des Materials infrage gestellt. So würde das Bronzerelief oxidieren, das Hinweisschild sei minderer Qualität und nicht wasserfest, die Einfassung sei nicht einheitlich und zudem billig, sagte die im Kirchenvorstand der Gemeinde, die auch für die Friedhofsgestaltung und somit für die Einfassung der Gräber verantwortlich zeichnete, eine aktive, sehr unbeliebte, aber doch marktschreierische Rätin, der guter Rat zu teuer war, die sich allerdings im Laufe des gesamten Vorgangs ohnehin als beratungsresistent erwies. Das Grab sei einer solchen bedeutenden Persönlichkeit und deren Andenken unwürdig, wenngleich ihr die Person und ihr Werk bis dahin nicht allein unbekannt gewesen waren, sie als Christin im Herzen ohnehin ihre Probleme mit dem Aberglauben habe und der Buddhismus eigentlich nicht zu Deutschland gehöre, also zu Ostdeutschland, genau genommen zu Sachsen bzw. zu Waldheim, ja auch Deutschland, also das christliche Deutschland, obwohl dieser Kirche in Waldheim weniger als 10 Prozent der Bevölkerung zugehörig sind, ein deutscher Rekord, im Kopf noch viel weniger als im Herzen. Dem konnte sich die örtliche Presse nicht versagen. Ganz nach der Ballade »Der Zauberlehrling« von Johann Wolfgang von Goethe, der zweimal auf einer Durchreise in Waldheim Station machte, »Die ich rief, die Geister (der gewollten Öffentlichkeit wegen), / Werd' ich nun nicht los«, stürzte sich die regionale Presse auf das Grab, dem nun die Ehre genommen war: »Ein vermeintlicher Gammel-Govinda« als Schenkung mit unabsehbaren Folgekosten. Braucht Waldheim ein solches Geschenk? Sollte man nicht gegenüber der Künstlerin Gertraud

Wendlandt, die den Grabstein und das Relief entworfen und umgesetzt hatte, Regressansprüche stellen und wenn nicht an sie, so doch an den Gießer? Grünspan auf dunkler Bronze, anders als bei Kolbes Kleinbüsten, anders als im herrschaftlichen Wohnzimmer der Marktschreierin mit den dort stehenden Figuren wie Bogenschützen und mit Lanzen bewaffnete Löwenjäger, die einen mit Sandalette bekleideten Fuß demonstrativ auf ihr Opfer stellen, aber eben in Hochglanz, der Skulpturen-DIN. Hier müsse man im Sinne der Stadt, des Gemeinwohls und der Ehre des zu Ehrenden Einhalt gebieten, die Annahme der Schenkung zurückstellen, dem zu rhetorischer Hilfe eilenden und immer in eigener Sache aktiven Kantor zufolge gar ablehnen. Sofort erinnern wir uns an den seit den 1960er Jahren überholten katholischen Kunstbegriff, die Heiligsprechung der Konformität durch die Kunst und unter Anleitung der ebenso katholischen Obrigkeit, Schöpfung erhöhen, als sei Schöpfung aufwertbar, selbst zum Schöpfer werden, gottgleich handeln und bestimmen und... schon wieder sind wir bei Hitlers Liste der »Gottbegnadeten«. Das geht alles schnell im Zschopautal und lässt an das die Stadt schon zweimal heimsuchende Hochwasser, seine Fluten und die Geschwindigkeit denken, in der alles so mühevoll mithilfe des westlichen

Deutschland und seiner DIN Aufgebaute dem Erdboden gleichgemacht wurde, also fast, so wie nun eine von der Künstlerin gewollte und daher eigens so angelegte Lebendigkeit durch chemische Behandlung des Materials die Hochglanzansicht eines beiden Vielrednern im Kern unbekannten, ja widerlichen Symbols buddhistischer Lehre mit den Jahren dem Verfall preisgegeben würde, als gäbe es nur irgendetwas auf der Erde, was ewig bleibt – mit Ausnahme natürlich des Kirchenrechts, des Versprechens von Hoffnung auf Wohnstatt im Paradies, wenn man im Herzen glaubt, und der von Gott gewährten Begnadung, allerdings auch Begnadigung, die auch Dummen zuteilwird. Und natürlich noch die DIN. Die stand vor allem und bleibt.

Die Stadt stellte zurück, die Presse berichtete immer aufs Neue. Da halfen keine Erklärungsversuche, selbst die Lehren von Joseph Beuys, die bemüht wurden, versickerten zuerst in den der Bildung versagten Hirnwindungen, dann sanken sie zu Boden, die große Treppe des Rathauses durch die schwere Eingangstür, die eigens von einer Mitarbeiterin des Bürgerbüros geöffnet wurde, einige weitere Stufen hinunter und hinaus auf den Gehweg, links abfällig, von diesem auf die Straße in eine Rinne und in die städtische Kanalisation. Die Künstlerin

Ehrengrab Govindas nach der Bestattung

wurde um Stellungnahme bemüht und förderte mit ihren Vorstellungen nur die vorhandene Meinung einiger Ratsmitglieder, angelehnt an den Hollywood-Streifen »Denn sie wissen nicht, was sie tun«. Die Stifter erklärten und belegt, klopften erneut an und baten, doch wurde ihr bei den beiden Protagonisten des letztes Aktes Beerdigung Govindas keine Tür geöffnet, was ohnehin nicht möglich wäre, weil Grenzen nicht durch Türen oder Tore, nicht durch Hügel um einen Ort herum oder Landes- und Staatsgrenzen gezogen werden, sondern durch die Köpfe und den Mangel an Offenheit und Entwicklung überall in der Welt, also auch im DIN-genormten Deutschland oder in Sachsen oder dem deutschesten Deutschland Waldheim. So blieb den Stiftern nur noch, den Bürgermeister zu bitten, dem unrühmlichen Vorgang ein Ende zu setzen. Dem geschah so. Am folgenden Tag war in der örtlichen Presse zu lesen: »Bürgermeister säubert Govinda-Grab. Jetzt sehe das Relief wieder so gealtert und lebendig aus, wie von der Künstlerin gewollt.« Ein feuchtes Tuch und etwa eine Minute eines bodenständigen, aber zupackenden Handwerksmeisters brachte der Stadt und ihrem Sohn die Versöhnung. Schlussendlich wurde das Geschenk an Waldheim angenommen und Anagarika Govinda hat auf diesem letzten seiner Wege mehr Interesse in der sächsischen Provinz erfahren als in den Jahrzehnten seines Lebens und seiner Lehrtätigkeit, während der er überall in der Welt zur Kenntnis genommen wurde und Anerkennung erfahren hatte und noch erfährt.

Lama Govinda vor dem Dresdner Zwinger 1965

ANAGARIKA GOVINDA
UND SACHSEN

Volker Zotz

Gibt es so etwas wie ein besonderes sächsisches Interesse an Asien? Würde man an solche regionalen Spezifika glauben, ließen sich leicht Belege finden, dass von Sachsen schon lange, bevor es zum östlichsten Land der heutigen Bundesrepublik wurde, intensiver nach Osten geblickt wurde als aus anderen Regionen. Als erster Staat Europas nahm es das sächsische Kurfürstentum im frühen 18. Jahrhundert mit China auf und produzierte in Meißen Porzellan. In den 1850er Jahren arbeitete der Leipziger Richard Wagner an seiner nie vollendeten Oper *Die Sieger*, deren Held der Buddha ist. Heinrich August Jäschke aus Herrnhut wirkte ab 1857 im Himalaja und schuf ein bis heute benutztes Wörterbuch der tibetischen Sprache. Gustav Hermann Krumbiegel, ein Gärtner aus Lohmen, trat 1893 in den Dienst eines Maharadschas und verwandelte das südindische Bangalore in eine Gartenstadt. Um viele weitere Namen könnte man die historische Liste von Sachsen mit direkten oder projizierten Beziehungen zu Kulturen des asiatischen Kontinents fortsetzen.

Auch in Waldheim träumte man von Asien. Als ein anderer Sachse, Karl May, hier von 1870 bis 1874 im Zuchthaus saß, musste er, wie er in seiner Autobiografie notierte, »alle Sorten von Zigarren fertigen, von der billigsten bis zur teuersten.« Dabei plante er wohl schon einige der Abenteuer, die er als Kara Ben Nemsi im Osten erleben würde und deren Imaginationen er später niederschrieb. Erst 1899 brach Karl May tatsächlich zu einer Reise nach Asien auf, die ihn bis Ceylon und Malaysia führte.

Ernst Lothar Hoffmann, Sohn eines der Waldheimer Zigarrenfabrikanten, wurde im Jahr vor Mays Asienreise geboren. 1928, etwa drei Jahrzehnte nach May, betrat er die Insel Ceylon, blieb auf Dauer auf dem indischen Subkontinent und stattete Europa erst nach drei Jahrzehnten wieder einen ersten Besuch ab.

Seine Geburtsstadt Waldheim war schon als Kind und Jugendlicher für Ernst Hoffmann nicht der einzige Ort mit Bedeutung. Seine Mutter starb bei der Geburt des Bruders Hans-Joachim, als Ernst drei Jahre alt war. Viel Zeit verbrachte er darum schon in jungen Jahren bei einer Tante in Kassel, die sich um ihn kümmerte, und in einer Internatsschule in Thüringen.

Betrachtet man den Werdegang des späteren Anagarika Govinda im Mittelmeerraum 1920-1928, auf Ceylon ab 1928, ab 1931 in verschiedenen Regionen Indiens und in die letzten Lebensjahren in Kalifornien, möchte man meinen, dass er seinen Geburtsort aus dem Auge verlor.

Doch das Gegenteil war der Fall. Mit Waldheim verbanden ihn, auch nachdem er Deutschland verlassen hatte, Angehörige wie der Vater August Hoffmann und die Brüder Oscar und Hans-Joachim, deren Ehepartner und Nachkommen. Über alle Stationen seines Wegs blieb Govinda, soweit die Umstände dies erlaubten, mit der Waldheimer Familie in Kontakt. Die umfangreiche Korrespondenz, die ihn mit seinem Geburtsort verband und sich im Archiv der Lama und Li Gotami Govinda Stiftung befindet, könnte einen dicken Band füllen.

Govinda hielt die Familie über seine Erfahrungen und Tätigkeiten auf dem Laufenden. Seine Reisen, literarischen Projekte und künstlerischen Aktivitäten waren dabei ebenso Themen wie die oft schwierigen wirtschaftlichen Verhältnisse Govindas in Indien. Er ließ sich seinerseits über die Jahre vom Werdegang der Angehörigen berichten.

Anfänglich signalisierte der Vater deutliches Unverständnis über den nach Asien ausgewanderten Sohn, der exotische Namen und Titel annahm, unter denen er brotlosen Aktivitäten nachging, die mit den Vorstellungen dieser Familie Gewerbetreibender kaum in Einklang zu bringen waren. Schwerlich dürfte der Vater 1928 mit Stolz den Nachbarn und Freunden von seinem Sohn erzählt haben: »Ernst nennt sich jetzt Govinda, lebt mit buddhistischen Bettelmönchen, schreibt Gedichte und malt Pastelle.« Eher scheint man außerhalb des Kreises der Familie und näherer Verwandter über das unverständliche Treiben des Sohnes geschwiegen haben.

Govinda verfolgte offenbar die Strategie, nach Waldheim ausführlich über seine Erlebnisse, Reflexionen und Vorhaben zu berichten, um dadurch Vorurteile über den von ihm gewählten Weg aufzuweichen. Am 30. April 1931 schrieb er aus einem tibetischen Kloster in Nordindien:

»Nun sitze ich also wieder in meinem Kloster auf weltabgeschiedener Höhe. Die Täler zu unseren Füßen sind so tief, daß wir selten ihren Boden erblicken; meist sind wir durch Wolken von ihnen getrennt. In den Morgenstunden grüßt uns die Eispyramide des Kanchenchunga, des zweithöchsten Berges der Erde. Man glaubt

Lama Govinda mit seinen Brüdern Hans-Joachim und Oscar 1965

ein Gebilde aus einer anderen Welt zu erblicken, wenn man plötzlich am Himmel den krystallenen Gipfel dieses majestätischen Berges aufleuchten sieht. Er scheint frei im Äther zu schweben, ohne jede Verbindung mit der Erde, da die unteren Regionen meist unsichtbar sind. Der Berg ist ein Symbol Tibets, dieses geheimnisvollen Landes, das trotz Sven Hedin und anderen noch unentdeckte ist, weil alle diese Leute nur auf der Oberfläche herumgekrochen sind. Aber hat schon je ein Europäer unter gebildeten Tibetern gelebt oder in tibetanischen Klöstern; oder hat je einer der westlichen Tibetforscher in einer der großen tibetischen Universitäten studiert? Ich glaube, dass wir in Zukunft noch manche Überraschung betreffs Tibet erleben werden, und ich hoffe meinen Teil beizutragen in der Bekämpfung des Unsinns, der in der Welt über Tibet verbreitet ist. Was ich jetzt schon an tibetischer Kunst gesehen habe genügt, um mich von der geistigen Kultur dieses Landes zu überzeugen. Die religiösen Gebräuche, über die man gelächelt hat, sind voll tiefer Symbolik und von vollendeter Schönheit.«

Diesen Zeilen folgen Beschreibungen eines Tempels mit seinen Statuen und Riten. Die neuen Vorhaben des Sohns im tibetischen Kulturraum werden in Waldheim kaum zur Beruhigung beigetragen haben. Tibet hatte in den frühen 1930er Jahren alles andere als einen guten Ruf. Es galt als rückständig und im Unterschied zu China oder Japan von keinem herausragenden kulturellen

Interesse. Abgesehen von einigen Okkultisten, die auf dem Dach der Welt besondere Geheimnisse vermuteten, war die Himalaja-Region in Europas öffentlicher Meinung hauptsächlich für Alpinisten von Belang, die dort beachtete Leistungen erbringen konnten. Doch ein solcher war Govinda nicht. Vielmehr wirft im Brief ein Aspekt seiner künftigen Identität einen Schatten voraus, der in der Familie dasselbe Kopfschütteln ausgelöst haben mag wie schon jene als Anagarika: »Ich werde hier dem Range nach als Lama betrachtet und mit großer Zuvorkommenheit behandelt.«

Am 12. September 1931 meldete Govinda an »Mein liebes Väterchen« in Waldheim, dass er den Literatur-Nobelpreisträger Rabindranath Tagore kennenlernte, der ihn einlud, an seiner Universität in Śāntiniketan tätig zu werden. »Ihr könnt Euch denken, welche Freude es für mich war, mit einem Mann wie Tagore in persönliche Beziehung zu treten!« Begeistert schilderte er der Familie die Situation an Universität. Der Kontakt mit einer auch in Deutschland hoch geachteten Persönlichkeit und die neue Stellung an deren Universität mögen ihren Eindruck nicht verfehlt haben. Doch schon wenige Wochen später, am 31. Oktober 1931, gab Govinda wieder Anlass zur Sorge: »Ich liege mit schwerer Malaria (täglich 40-41° Fieber!).«

So waren der Vater August, die Brüder Oscar und Hans-Joachim sowie andere Mitglieder der Familie in oft nur kurzen Abständen über Govindas Freunden und Leiden unterrichtet. Sie erhielten Naturschilderungen und kulturelle Aufschlüsse aus unterschiedlichen Gegenden Indiens. Govinda schickt seine Veröffentlichungen und auf Wunsch auch indische Briefmarken und Münzen.

Die Peinlichkeit, die der aus der Art geschlagene Angehörige anfänglich darstellte, scheint bei der Familie im Lauf der Jahre und Jahrzehnte zunächst dem Gefühl der Bereicherung gewichen zu sein, an einem außergewöhnlichen Leben im fernen Asien teilzuhaben, um dann zum Stolz über den in der weiten Welt geachteten Verwandten zu führen.

Am 1. Dezember 1932 schreibt er einen langen Weihnachtsbrief nach Waldheim, der auch einen Aufenthalt im Königreich Sikkim beschreibt. Wie in vielen anderen Briefen vorher und nachher, drückt er seine Sorge über die Entwicklungen in seiner ursprünglichen Heimat aus: »Es muss wirklich kein Genuss mehr sein, in Deutschland zu leben, nach allem, was ich von euch und durch die Zeitungen erfahre. Man hat scheinbar nur die Wahl zwischen kommunistischem Pöbel und Hitlerschem Mordgesindel. Aber die traurige wirtschaftliche

Lage, die in Wirklichkeit alles beherrscht, wird wohl beiden den Mund stopfen.« Als Weihnachtsgabe schickt er »eine handgefertigte tibetische Dose mit den acht Glückszeichen« nach Waldheim, deren Symbolik er im Brief erklärte.

Am 29. April 1933 berichtet er von Vorbereitungen zu seiner Reise nach Ladakh, »um die weltabgeschiedenen Klöster des Transhimalaya, die meines Wissens noch kein Deutscher betreten hat, zu besuchen und die dortigen Verhältnisse zu studieren. Ich hoffe eine Menge neues u. einzigartiges Bildmaterial von dort mitzubringen und vielerlei wertvolles zu erfahren. Tibet ist eine Schatzkammer uralter Traditionen, und was wir von seinem inneren Leben u. seiner Kultur wissen, ist so gut wie nichts. Die Gelehrten haben sich bisher nur für alte Trümmer und verstaubte Pandekten interessiert, aber sich keinen Pfifferling um da gegenwärtige Leben, um die lebendige Gegenwart, gekümmert. Was dabei herauskam, war dann auch so trocken und ledern, daß es keinen normalen Menschen begeistern konnte. Diesem Übelstand ist nur dadurch abzuhelfen, daß man mit den Menschen, deren Geistesleben man erforschen will, als ihresgleichen zusammenlebt. Ich werde daher als einfacher ‚Lama' reisen, wie es ja auch meinen beschränkten Mitteln angemessen ist.«

Govinda mit Li im Familienkreis in Waldheim 1965

Die Familie blieb in den 1930er Jahren über Govindas Aktivitäten auf dem Laufenden, wie dieser über die wesentlichen Vorgänge in Waldheim informiert wurde. Dann bereiteten zunehmende Spannungen zwischen Deutschland und Großbritannien dem Kontakt ein Ende. Mit dem britischen Eintritt in den Zweiten Weltkrieg gehörten die Familie in Waldheim und Govinda, der 1938 die britisch-indische Staatsangehörigkeit erhielt, offiziell verfeindeten Nationen an. Mit Govindas Internierung von 1940 bis 1945 gab es endgültig keine Möglichkeit mehr, voneinander zu hören.

Die Korrespondenz konnte erst nach dem Krieg wieder aufgenommen werden, um dann, bis Govinda 1985 starb, in der ursprünglichen Regelmäßigkeit zu erfolgen. Nach dem Tod des Vaters hatte von Waldheimer Seite hauptsächlich der Bruder Hans-Joachim das Schreiben übernommen, ab 1982 seine Witwe Ellen.

Govinda ließ die Familie wieder an seinen Erfolgen in der Ferne teilhaben und führte sie so über den eigenen Alltag hinaus, was dankbar quittiert wurde. Am 26. April 1953 berichtete er über eine Konferenz in Sanchi, an der er und seine Frau Li als Gäste der indischen Regierung teilnahmen: »Von Sanchi aus folgten wir einer Einladung nach Gwalior, wo wir im Haus der Rani (einer Angehörigen des Fürstenhauses von Gwalior) wahrhaft fürstliche Gastfreundschaft genossen. Wir verbrachten dort eine Woche in einem Wirbel gesellschaftlicher Ereignisse, sodaß wir die gesamte ‚haute volée' von Gwalior trafen und alle Sehenswürdigkeiten und kulturellen Institutionen Gwaliors zu sehen bekamen. Wir begegneten überall solchem Interesse, daß ich in der ‚Cultural Society of Gwalior' einen Vortrag über Tibet halten mußte und wir mehr oder weniger versprechen mußten, für weitere Vorträge und Ausstellungen unserer Bilder bei Gelegenheit nach Gwalior zurückzukommen.«

In Waldheim war Govinda nach dem Tod des Vaters unter anderem Miterbe des Elternhauses geworden und besaß dort Eigentum. 1954 verlangten die DDR-Behörden zu Klärung seiner Verhältnisse zum zweiten Mal einen Nachweis seiner indischen Staatsbürgerschaft. Govinda bat den Bruder um Hilfe:

»Aber um Himmels willen mach es Euren Behörden klar, daß ich nicht in der Lage bin, extra nach Bombay zu reisen, um das bereits gelieferte Dokument meiner indischen Staatsangehörigkeit noch einmal ausstellen zu lassen. Wenn sie das Dokument verloren haben, so ist das nicht meine Schuld. [...] Da eure Behörden mich alle diese Jahre als indischen Staatsangehörigen anerkannt haben, kann ich nicht einsehen, was eine Wiederholung desselben Dokumentes für einen Sinn haben soll. Da ich ohnehin aller Rechte an meinem Eigentum beraubt bin, ist es wohl kaum nötig einen obendrein noch zu schikanieren.«

1960 verließ Govinda das erste Mal nach drei Jahrzehnten Asien und trat nach der Einladung zu einer Konferenz nach Italien eine Europareise an. 1965, 1968 und in den 1970er Jahren folgten weitere Reisen nach Europa. Dies erlaubte den Mitgliedern der Familie wiederholte Zusammentreffen in Waldheim und im Osten Berlins.

Lama Govinda mit Li im Familienkreis in Waldheim 1965

Als Govinda sich 1965 mit seiner Frau in Waldheim aufhielt, gab es Zeit für ausführliche Gespräche im Familienkreis. Er besuchte das Grab seiner Eltern auf dem Waldheimer Friedhof und verschiedene Orte Sachsens. Ein Foto seiner Frau Li zeigt ihn von hinten in voller Gewandung beim Betrachten des nach den Zerstörungen des Zweiten Weltkrieges wieder aufgebauten Dresdner Zwingers. (Abb. S. 87)

Weil die bürokratischen Umstände nicht immer Besuche in Waldheim erlaubten, wich man auch auf Berlin aus. Am 3. Dezember 1974 schrieb Hans-Joachim: »Wie

Ihr uns mitteilet seid Ihr wieder auf einer Weltreise, die Euch über Japan nach San Francisco und New York führt. Hoffen wir, daß Eure Rückreise über Bundesrepublik, DDR nach Waldheim führt. In unserem Alter sollte man jede Gelegenheit wahrnehmen sich zu sehen. Wir wünschen uns sehr, dass Ihr nach Waldheim kommt, jedoch müssen wir es 5 Wochen vorher wissen, um die Erlaubnis der Einreise für Euch einzuholen, sonst bleibt nur DDR-Berlin, wie letztens.«

1977 besuchten Hans-Joachim und Ellen, die im Pensionsalter aus der DDR ausreisen durften, eine Ausstellung von Gemälden Govindas und wünschten sich, dass sein Bruder und Li Gotami wieder nach Waldheim kommen: »Mit dem Auto können wir Euch an die Orte fahren, die Ihr gern sehen wollt, z. B. die Gemälde-Galerie, Dresden, und Landesbibliothek, Dresden, in der wir auch Bücher von Dir fanden.« (Brief vom 26. September 1977)

Der Diplom-Ingenieur Hans-Joachim war stolz auf die »so erfolgreiche und unermüdliche geistige Tätigkeit« seines Bruders (Brief vom 4. Oktober 1977). Er bewahrte alle Zeugnisse aus der Kindheit Govindas auf und ergänzte diese Sammlung um alles, was er später an Büchern und Material von Govinda und aus anderen Quellen erhielt. Er hoffte, einen Autor zu finden, der aus all dem ein Buch über seinen »Erni«, wie er ihn bis zuletzt nannte, schreiben würde. Das Vorhaben ließ sich in der DDR nicht verwirklichen.

François Maher Presley

FRANÇOIS MAHER PRESLEY
UND
ANAGARIKA GOVINDA

Birgit Zotz

Dass es zur Beisetzung von Asche Anagarika Govindas in der Stadt kommen konnte, in der er 1898 als Ernst Lothar Hoffmann geboren wurde, ist im Wesentlichen das Verdienst des Autors François Maher Presley und der von ihm ins Leben gerufenen *François Maher Presley Stiftung für Kunst und Kultur.*

Presley hat schon in der Vergangenheit vielfach auf das Wirken des aus Waldheim stammenden Lama hingewiesen. So schrieb er im Katalog zur Ausstellung *Tibets Sachse* 2016 über Govindas Bedeutung für seine Heimat:

»Seine Hinterlassenschaft ist keine sichtbare, keine einschätzbare und kein sofort verwertbares Erbe für das kleine Waldheim in Mittelsachsen. Es ist eine Hinterlassenschaft, die jeden einzelnen Bürger auffordert, sie zu ergründen, sie zu hinterfragen, ein Denken und Leben mit ihr zu versuchen, sie zu verwerfen oder zu befördern. Es ist die Hinterlassenschaft des freien Denkens und Fühlens, die Hinterlassenschaft, die man vielleicht nicht fassen kann und will, deren Spur aber erst einmal aufgenommen,– den Erben neben wirklichen Inhalten, auch viele Möglichkeiten gewährt, die viel weiter reichen, als das wirtschaftliche Erbe, das der Stadt im Laufe der Jahrhunderte gegeben wurde. Govindas Nachlass ist – auch für Waldheim – ein Samen, der, stetig gepflegt, einmal seine Blüte erreicht, in jedem Einzelnen und mit einer großen Botschaft an die Mitmenschen – nicht immer nur hinaus zu gehen und zu suchen, manchmal eben auch den Weg der Einkehr zu finden. Nicht nach Gaben zu fragen, sondern selbst zu geben, eben auch *sich* etwas zu geben.«[1]

Auch in seiner umfassenden Städtemonografie *Waldheim in Mittelsachsen*[2] und seinem Buch *Waldheim Top 25*[3] ging François Maher Presley auf Anagarika Govindas Persönlichkeit und Werk ein. Schließlich spielt der Lama aus Sachsen, der als »Anagarika niemals irgendwo zuhause war,« eine nicht unwesentliche Rolle in Presleys Roman *Mord in Waldheim. Es war einmal im Zschopautal.*[4] Am Anfang dieses Buches wird ein

Waldheimer Kriminalbeamter damit damit konfrontiert, dass ein Herr Hoffmann spurlos verschwunden sei. Nach vielen Befragungen, die ein Soziogramm Waldheims und Psychogramme mancher seiner prominenten Bürger liefern, kann der Ermittler den Fall in einer Weise lösen, für die ein Rezensent der *Leipziger Volkszeitung* die Formel »Govinda bringt (Er)Lösung« fand.[5] Presleys Kriminalroman ist – neben seiner gelungenen Funktion als Realsatire aus der deutschen Provinz – ein Zeugnis für das Fortleben der Gestalt Lama Anagarika Govindas in der Literatur und in seines Seins oder Nichtseins in der Stadt seiner Herkunft.

Dass für Presley, der selbst als Autor, Kunstkritiker und Fotokünstler hervortrat, eine schöpferische Gestalt wie Govinda von Interesse ist, mag nicht verwundern. Anagarika Govinda verfasste Bücher und hinterließ ein umfassendes malerisches wie fotografisches Werk. Doch gibt es mehr als die kreative Vielseitigkeit, die verbindet. Warum sich Presley in seinem Werk wiederholt Govinda zuwandte, erklärt sich aus seinem biografischen Hintergrund und Werk. Wie Govinda ist François Maher Presley ein Reisender zwischen verschiedenen Sphären der Erde, was ihn wie den Lama aus Sachsen aus einer interkulturellen Perspektive arbeiten lässt.

Presley gilt heute als »deutscher Autor« wie Govinda ein »indischer Autor« war. Doch wie Govinda aus Waldheim in Sachsen stammte, liegen Presleys familiäre Wurzeln in der syrischen Hauptstadt Damaskus. 1961 in der Stadt Kuwait geboren, verbrachte er seine Kindheit in Syrien. Seit seinem sechsten Lebensjahr lebte er in Deutschland, zunächst mit seinem Vater in Hamburg. Wie Govinda sich nach den Fronterfahrungen des Ersten Weltkriegs auf Distanz zum Elternhaus ging, stellte sich Presley mit dem 17. Lebensjahr auf eigene Füße und hielt Abstand von der Familie. In seinem *Werktagebuch* deutet er als Grund physische und psychische Gewalt an, der er als Kind ausgesetzt war.[6]

Seit der frühen Jugend schrieb Presley, wobei zunächst lyrische Texte einen Schwerpunkt bildeten. Auch während er von 1979 bis 1981 eine kaufmännische Ausbildung durchlief, entstanden Dichtungen, die später unter dem Titel *Gedanken zum Strand* erschienen.[7] 1980 wurde François Maher Presley deutscher Staatsbürger und arbeitete einige Jahre in der Wirtschaft.

Er überlegte sich in ein Kloster zurückzuziehen, um ein spirituelles Leben zu führen und sich dort auch literarischen Aktivitäten zu widmen. Darum lebte er 1985 für einige Zeit in einer Benediktinerabtei im Süden

Deutschlands, wovon der 23-Jährige in seinem Klostertagebuch *Ein Augenblick birgt 1000 Erleben* berichtete.[8] Er beschreibt darin die ruhige und abgeschiedene Wirklichkeit der Mönche und spiegelt ihre Lebensform an biblischen Texten. Schließlich gelangte Presley zur Überzeugung, dass er sich statt eines Rückzugs ins Kloster der Realität der Menschen zu stellen hat. Man ist geneigt, an Anagarika Govinda zu denken, der in den 1930er Jahren der zölibatären Lebensform des Theravāda-Asketen den Rücken kehrte, um sich einem Leben für die Welt zuzuwenden.

François Maher Presley absolvierte in der Folge ein Studium, für das er als Hochbegabter von der *Friedrich-Naumann-Stiftung für die Freiheit* gefördert wurde. Doch bei allen wirtschaftlichen Leistungen, die er im Anschluss erbrachte, blieben Kunst und Literatur im Fokus seiner Aufmerksamkeit.

Als Chefredakteur der Zeitschriften *Kultur in Hamburg* und dem *Nord-Magazin für Kultur, Politik und Wirtschaft* arbeitete er 1988 bis 1989 intensiv mit dem Schriftsteller Hans Eppendorfer (1942-1999) zusammen. Seine Erfahrungen mit Eppendorfer reflektierte Presley in der Kurzgeschichte »Erfüllung«, die sich im *Werktagebuch* findet.[9] 2018 widmete er ihm eine kritische Biografie.[10]

François Maher Presley zeichnete schon in den 1990er Jahren für die Durchführung von mehr als einhundert Kunstausstellungen – insbesondere im norddeutschen Raum – verantwortlich. Von 1990 bis 1999 leitete er die Hamburger Initiative *Kultur aktuell* und verwirklichte danach bis 2005 das *Forum Alstertal*, ein Wohnprojekt mit Kultur- und Veranstaltungszentrum.

Im gleichen Jahr begann für Presley eine Reise, die ihn für längere oder kürzere Perioden in etwa achtzig Länder der Erde führte. Seine erste Station war Marokko, wo er insgesamt drei Jahre in Marrakesch lebte, was er in verschiedenen Büchern reflektierte.[11] Ab 2007 zieht es ihn von Kontinent zu Kontinent. Wie Govinda kann man Presley einen Anagarika nennen, einen »Hauslosen«, der keinem Ort gehört, sondern stets im Aufbruch zu neuen Ufern ist. Aus diesem Grund ist ein großer Teil des schriftstellerischen Werks von François Maher Presley der Reiseliteratur zuzurechnen. Im Reflektieren von Beobachtungen und Erlebnissen kann er ebenso wirklichkeitsgetreu und exakt beschreiben wie Erfahrenes dichterisch überhöhen. Realismus und Surrealismus liegen ihm gleich nahe. Unter den zahlreichen Reisebüchern Presleys sei *Asien. Sag immer ja zum Leben, niemals nein* hervorgehoben, in dem Erzählungen den Leser nach Taipeh, Shanghai, Hongkong, Kuala Lumpur, Siem Reap (Angkor), Luang Prabang und Bangkok führen.[12]

Eine Besonderheit seiner Reisebücher bilden von Presley selbst aufgenommene künstlerische Fotografien. In manchen seiner Bücher ergeben die jeweiligen Kombinationen der Fotografien eigene Erzählungen, die das geschriebene Wort nicht nur ergänzen, sondern eine eigenständige Botschaft besitzen. Oft experimentieren die Fotos mit der Perspektive, wodurch sie den Betrachter vor kreative Aufgaben stellen. Indem Presley zum Beispiel Gebäude nicht konventionell gerade und monolithisch ins Bild bringt, sondern schräg und mit eigener Dynamik wiedergibt, entsteht ein verfremdender Effekt, der dazu einlädt, Architektur neu zu erleben und sogar bereits bekannte Bauwerke in ein neues Licht rückt. Man ist an Li Gotami erinnert, die Ehefrau Anagarika Govindas, von der Tiziano Terzani schrieb, ihr »Ziel war es, die Welt, aus einer anderen Perspektive' zu betrachten, deswegen malte sie die Dinge so, wie sie sie mit dem Kopf nach unten durch die Beine hindurch sah.«[13]

Die illustrierte Reiseliteratur ist nur ein Aspekt im literarischen Schaffen Presleys. Im Jahr 2018 besteht sein ansehnliches Oeuvre aus knapp 60 Büchern aus den Bereichen Lyrik, Belletristik, Sachbuch und Bildband.

Kriminalroman: *Mord in Waldheim*
von François Maher Presley

Immer wieder meldete er sich auch zu aktuellen gesell-
schaftspolitischen Themen zu Wort wie in seiner Studie
über den Islam und Deutschland.[13]

Unter den vielen Interessens- und Tätigkeitsgebieten
Presleys sei noch die Musik erwähnt. Presley beschäftige
sich intensiv mit Georg Philipp Telemann.[14] Er war von
1996 bis 2002 der 1. Vorsitzende der *Hamburger Telemann Gesellschaft* und ist seit 2013 ein Vorstandsmitglied

der Telemann-Stiftung. Auch gab Presley ein Werk aus dem Nachlass des russisch-israelischen Komponisten und Musikpädagogen Michael Emmanuilowitsch Goldstein (1917-1989) heraus.[15]

2016 brachte Presley die materiellen Erträge seiner umfangreichen Tätigkeiten in die *François Maher Presley Stiftung für Kunst und Kultur* ein, die seither von deutsch-israelischen Schulpartnerschaften über Theaterabonnements für Schüler bis zu Förderung von künstlerischen und musikalischen Talenten bei Kindern eine breite Tätigkeit entfaltet. Ein besonderes Anliegen Presleys ist die Resozialisierung von Strafgefangenen durch kreative Aktivitäten.[16]

Dass der vielseitige Kulturschaffende François Maher Presley dem Werk des gleichfalls vielseitigen Govinda Autors und Malers Anagarika Govinda positiv gegenübersteht, verwundert nicht. Beide sind Reisende durch die Kulturen und Disziplinen der Kunst. 2018 verwirklichte Presley durch seine Stiftung in der Geburtsstadt Govindas eine würdige Stätte des Gedenkens für den sächsischen Lamas, über den er einmal schrieb: »Govinda fand seine Heimat in seinem Werk, dessen Wirkung nicht durch Grenzen bestimmt ist, sondern in das jeder Mensch und jeder Ort einbezogen sind.«[17]

1   François Maher Presley: »Waldheim in Mittelsachsen. Anagarika Govindas Geburtsstadt.« In: Birgit Zotz (Hg.): *Tibets Sachse. Ernst Hoffmann wird Lama Govinda.* München 2016

2   François Maher Presley: *Waldheim in Mittelsachsen.* Hg. von Jörg Wolfgang Krönert. Hamburg 2015

3   François Maher Presley: *Waldheim Top 25.* Hg. Gaby Zemmrich. Hamburg 2017

4   François Maher Presley: *Mord in Waldheim. Es war einmal im Zschopautal.* Hamburg 2018

5   Dirk Wurzel: »Mord in Waldheim – Hai-Alarm am Kriebsteinsee.« In: *Leipziger Volkszeitung,* 16. November 2018

6   François Maher Presley: *Werktagebuch – frühe Dichtung und Prosa.* Eingeleitet und mit einem Nachwort von Matthias H. Rauert. Hg. David Eschrich. Hamburg 2012

7   François Maher Presley: *Gedanken zum Strand. Gedichte 1979 – 1982.* Hamburg 1986

8   François Maher Presley: *Ein Augenblick birgt 1000 Erleben. Klostertagebuch.* Hamburg 1987. Neuausgabe: *Klostertagebuch. Ein Augenblick birgt 1000 Erleben.* Eingeleitet von Matthias H. Rauert. Hamburg 2013

9   Siehe Anm. 6. Vgl. auch den Nachruf auf Eppendorfer in François Maher Presley: *Mit Deutschland im Wandel. Gesellschaftspolitische Essays, Textsammlung 1999-2011.* Eingeleitet von Matthias H. Rauert. Hamburg 2013, S. 16 ff.

10 François Maher Presley: *Hans Eppendorfer. Der Ledermann. Versuch einer Biografie.* Hamburg 2018

11 Über sein Leben in Marrakesch schrieb François Maher Presley u. a. in seinen Büchern *Ein Riad in Marrakesch.* Hg. Peter Bergmann. Hamburg 2013 und *Mystisches Marrakesch. Leben in einer anderen Zeit.* Hg. David Eschrich. Hamburg 2013

12 François Maher Presley: *Asien. Sag immer ja zum Leben, niemals nein.* Hg. von Jörg Wolfgang Krönert. Hamburg 2016

13 Tiziano Terzani: *Noch eine Runde auf dem Karussell. Vom Leben und Sterben.* Hamburg 2005

14 François Maher Presley: *Islam und Deutschland. Tor des Islamismus in die westliche Welt?* Hamburg 2015

15 Annemarie Clostermann: *Georg Philipp Telemann: Die Hamburger Jahre.* Hg. und mit Texten von François Maher Presley. Hamburg 2014

16 Michael Goldstein: *Peter Stoljarski* [Pjotr Solomonowitsch Stoljarski]. *Der Violin-Pädagoge und seine Fabrik der Talente in Odessa.* Aus dem Nachlass herausgegeben und mit einem Vorwort von François Maher Presley. Hamburg 2015

17 François Maher Presley und Jörg Wolfgang Krönert (Hg.): *Resozialisierung durch Kunst und Kultur. Entwicklungen im Strafvollzug.* Hamburg 2017

18 François Maher Presley: »Waldheim in Mittelsachsen. Anagarika Govindas Geburtsstadt.« In: Birgit Zotz (Hg.): *Tibets Sachse. Ernst Hoffmann wird Lama Govinda.* München 2016

Lama Anagarika Govinda beim Vortrag

ÜBER DEN TOD

Ein Gespräch mit Lama Anagarika Govinda[1]

Was kann ich gegen meine Angst vor dem Tod tun?

Govinda: Bei jeder Art von Angst ist wichtig, dass man davor nicht die Augen verschließt oder wegläuft. Das, wovor man sich fürchtet, hält in der Regel wichtige Erkenntnisse bereit, wenn man sich direkt damit konfrontiert.

Vor einem halben Jahrhundert erlebte ich bei einer Reise in Sikkim eine Situation tiefer Angst. Wie gelähmt lag ich da und fürchtete, dass ich mich als der, der ich war, für immer verlieren könnte. Mit letzter Kraft stand ich auf, nahm einen Spiegel zur Hand und zeichnete mit einem Kohlestück meinen Kopf, wie ich ihn vor mir sah.

Mit diesem Selbstporträt habe ich mir damals genau das gegenübergestellt, wovor ich mich ängstigte, nämlich mich selbst, der um seine Identität bangt. Tatsächlich verging das Grauen vollständig, während ich die Zeichnung ausführte. Angst sollte man nicht verdrängen, indem man zwanghaft an etwas anderes denkt, sondern sich mit ihr beschäftigen. Das gilt besonders für den Tod.

Als ersten Schritt zur Überwindung der Todesangst kann man sich vor Augen stellen, was der Tod überhaupt ist. Damit meine ich keine abstrakte Definition wie »Der Tod bedeutet das Aufhören der Lebensfunktionen oder das Ende des Daseins.« Solche Selbstverständlichkeiten sind im Grund nichtssagend. Es geht vielmehr darum, was der Tod als Wirklichkeit bedeutet. Welche Tatsache meinen wir, wenn wird das Wort »Tod« verwenden?

Jeder weiß aus Erfahrung, was Begriffe wie »Hunger« oder »Fieber« bedeuten. Darum sind Aussagen wie »Ich bin hungrig« oder »Ich bin fiebrig« unmittelbar verständlich. Was aber heißt »Ich bin tot«? Kann mir jemand sagen, was der Tod ist?

Govinda *(macht eine Pause und blickt lächelnd in die Runde)*: Natürlich wird keiner es mir sagen, weil niemand den Tod als Wirklichkeit erlebte, wie er Hunger oder Fieber erfahren hat. Sogar wer bewusst hunderttausend Mal gestorben und wiedergeboren wäre, hat den Tod niemals erfahren. Wenn der Tod nämlich das

Gegenteil von Leben und damit Erleben ist, kann er gar nicht erlebt werden. Er ist nichts Wirkliches. Die Aussage »Ich bin tot« ist ebenso unsinnig, als würde jemand, der vor uns sitzt, behaupten: »Es gibt mich nicht.«

Der Tod ist doch für uns alle eine erkennbare Tatsache, wenn wir eine Leiche sehen.

Govinda: Ist die Leiche denn »der Tod«? Ist sie überhaupt tot? Die Leiche, die wir wahrnehmen, ist objektiv ein lebloser Körper, den wir nie mit dem Menschen verwechseln würden, der von uns ging. Hielten wir die Leiche für die Persönlichkeit, die wir kannten, würden wir sie nicht bestatten. In Tibet werden viele Leichen mit Äxten und Hämmern zerstückelt und zermalmt, um sie den Geiern zum Fraß anzubieten. Niemand täte das einer Leiche an, wenn sie der Verstorbene wäre. Mit »Er ist tot,« meinen wir sicher nicht »Er ist jetzt diese Leiche.« In unserer unmittelbar erfahrenen Wirklichkeit ist die Leiche weder der Tote noch der Tod, sondern objektiv liegt ein nicht mehr funktionierender Körper vor uns.

Die wesentliche Frage ist aber: Was geschieht subjektiv aus der Perspektive des Verstorbenen? Wir dürfen davon ausgehen, dass der leblose Körper nicht weiß, dass er tot ist, aber wenn er es wüsste, wäre er nicht tot. Überdauerte etwas sein Sterben und ist sich seiner Existenz bewusst, wird kein Tod erfahren. Überdauert nichts Bewusstes, wird ebenfalls kein Tod erfahren. Wir sehen also: Was wir »Tod« nennen, lässt sich weder subjektiv erleben, noch ist es eine objektive Tatsache. Als eine erfahrbare Wirklichkeit gibt es den Tod gar nicht. Wer das in aller Konsequenz erfasst, den bedrängt keine Todesangst.

Was ist es dann aber, was wir »Tod« nennen und wovor wir uns fürchten?

Govinda: »Tod« ist vor allem ein Begriff, den wir Menschen aufgrund bestimmter Beobachtungen geprägt haben. Wir sehen, wie andere Körper früher oder später ihren Dienst versagen und sterben. Daraus leiten wir berechtigterweise den Schluss ab, dass auch unsere Körper unbeständig sind und eines Tages nicht mehr funktionieren. Bis zu diesem Punkt ist der Gedanke folgerichtig und führt zu einer wichtigen Erkenntnis: Wer sich der Endlichkeit des Lebens bewusst ist, wird motiviert, seine kostbare Zeit gut zu nutzen. Das ist der Sinn buddhistischer Meditationen über die Sterblichkeit. Ein Mensch soll wissen, wie wertvoll jeder Moment mit diesem vergänglichen Körper ist.

Aus dieser erlebten Wirklichkeit der Nichtdauer aber den Begriff des Todes abzuleiten, ist eigentlich ein Trugschluss, der zur unbegründeten Furcht führt. Wenn ich den Tod gar nicht erfahren kann, bedroht er mich auch nicht. Der Tod ist letztendlich eine intellektuelle Konstruktion, ein bloßer Begriff ohne Basis im Erleben.

Viele Menschen stecken heute in einem Gefängnis aus Begriffen, weil sie Worte mit Wirklichkeiten verwechseln. Das beginnt mit dem eigenen Selbstverständnis. Man geht davon aus, dass es ein dauerhaftes Wesen gibt, das man »Ich« nennt. Aber dieses »Ich« ist ebenso wenig zu erleben wie der Tod und ebenfalls ein bloßer Begriff. Man leitet den Begriff des »Ich« daraus ab, dass man sich einer Welt bewusst ist, die sich ständig verwandelt. Nichts in unserer erlebten Wirklichkeit bleibt sich nur einen Moment gleich, und da liegt der Schluss nahe, dass das »Ich«, das die Vergänglichkeit registriert, eine fixe Größe ist, die allen Wandel überdauert. Doch stimmt das?

Das Wort »Ich« ist schnell gesagt. Aber versuchen Sie einmal genau das zu erfahren, was Sie damit meinen. Es wird Ihnen wie beim so genannten Tod nicht gelingen, weil es eine Konstruktion ist, ein Konzept, das sich denken aber nicht erleben lässt. Sie können weder Ihr »Ich« noch dessen »Tod« jemals erfahren.

Dass »Ich« und »Tod« abstrakte Begriffe sind, verstehe ich jetzt wieder durch Worte. Wie komme ich vom Begriff zum echten Erlebnis, dass es keinen Tod gibt?

Govinda: Sie gelangen in diese Wirklichkeit, wenn Sie das, was wir »Tod« nennen, nicht länger als Begriff denken, sondern als Mysterium empfinden. Mysterien sind Geheimnisse, die der Intellekt nur zu einem Bruchteil versteht. Ihr wahres Wesen erfassen das Herz und andere Zentren des Bewusstseins. Damit ist nichts gegen den Intellekt gesagt. Wir nähern uns dem Mysterium des Todes mit Begriffen und Gedanken, weil das den Menschen unserer Epoche angemessen ist. Wer in Begriffen denkt und durch Sprache kommuniziert, muss in seiner vertrauten Welt abgeholt werden, also mit Worten, wenn er weiterkommen soll. Es klingt paradox, aber er muss zunächst begrifflich verstehen, dass er nicht an Begriffen kleben darf. Eine schöne Metapher, die auf das *Laṅkāvatārasūtra* zurückgeht, lautet: Ein Wort gleicht der Fingerspitze, die in eine Richtung weist. Wer den Inhalt im Begriff sucht, starrt auf die Fingerspitze, statt den Blick nach dort zu wenden, wohin sie zeigt.

Darum erklärt das, was ich sagen kann, das Mysterium des Todes nicht erschöpfend. Meine Worte sind Fingerzeige oder gedankliche Anstöße, von denen aus sich individuell ein innerer Weg einschlagen lässt. Auf diesem übersteigen bald die Intuition und die Möglichkeiten der schöpferischen Vorstellungskraft die Bedeutung der Begriffe.

Dem Mysterium des Todes kann man sich zunächst gedanklich auf verschiedene Weise nähern. Ich nehme als Ausgang verschiedene physische Lebensformen. Wesen wie Einzeller sind potentiell unsterblich und vermehren sich durch Zellteilung. Weil sie sich nicht verändern und darum nicht altern, gehen sie aus ihrem eigenen Lebensgesetz nie zugrunde. Sie enden nur durch Einwirkungen von außen. Weil jedes Wesen dieser einfachen Lebensformen durch Teilung eines anderen entsteht, ist es mit diesem im Aufbau und seinen Aktivitäten vollkommen identisch. Solche Organismen bleiben an das Modell gebunden, aus dem sie hervorgingen und auf dessen Bahn festgelegt. Sofern eine Amöbe überhaupt lernen kann, sind ihre Möglichkeiten darin sehr begrenzt.

Die Einzelwesen komplexer Lebensformen entstehen nicht als Kopien existierender Wesen, sondern werden von zwei unterschiedlichen Subjekten gezeugt. Dies bringt ausgeprägte Charaktere mit eigenständigen Merkmalen und hoher Flexibilität hervor, die nicht wie Einzeller auf ihr Programm fixiert bleiben. Vielmehr erwerben sie individuell Wissen und handeln mehr oder weniger absichtlich der jeweiligen Situation entsprechend. Viele Vögel verfügen über ein beachtliches Gedächtnis, wenden Erfahrungen an und blicken voraus, um Probleme zu lösen. Ratten und Hunde leisten hier Beachtliches, und der Mensch übertrifft mit seinem Bewusstsein jedes andere Säugetier.

Bleiben sich einzellige Amöben stets gleich und sind potentiell unsterblich, verändern sich Körper ununterbrochen, die von zwei Individuen stammen und als Träger eines höheren Gewahrseins dienen. Wir registrieren jeden Augenblick neue Erfahrungen und entwickeln uns dadurch weiter. Ein solcher Wandel schließt natürlich das Sterben ein. Mit jedem Erlebnis hören wir auf, die zu sein, die wir zuvor waren. Wir sterben, um neu geboren zu werde. Diese Veränderungen bei den komplexen Lebensformen wie dem Menschen bezeichnet das *Devadūtasutta* des Pāli-Kanon als die drei Götterboten:

Alter, Krankheit und Tod.[2] Irgendwann muss dieser Körper seine Dienste versagen. Doch anstatt darüber zu klagen, sollten wir es als einen Gewinn erkennen.

Im Unterschied zur Statik der Einzeller, die sich identisch reproduzieren, erleben wir als einzigartige Einzelne in der Gemeinschaft mit anderen eine dynamische geistige Kontinuität. Jeder trägt mit seinen persönlichen Erfahrungen zum Fortschreiten der Kultur, in der er sich bewegt, und letztlich der ganzen Menschheit bei. Seine Erlebnisse, Gedanken und Handlungen gehen an andere weiter und werden über das Sterben seines Körpers hinaus bewahrt und weiter entwickelt.

Was wir mit dem Begriff »Tod« bezeichnen, ist in Wirklichkeit das grundlegende Charakteristikum allen bewussten Lebens und die Voraussetzung jeder geistigen Kontinuität. Der bedeutende Biologe Lecomte du Noüy nannte den Tod darum treffend die wichtigste Errungenschaft der Natur.[3]

Wie wertvoll das Vergehen unseres Körpers ist, zeigt sich auch im Weg des Einzelnen. Das Erwägen der Kostbarkeit des flüchtigen Menschenlebens zählt zu den grundlegenden Übungen buddhistischer Meditation. Gerade weil wir nicht wie Einzeller potentiell unsterblich sind, sondern uns in Richtung eines Endes bewegen, dürfen wir Chancen erkennen, immer wieder neu zu beginnen. Seit den frühen Tagen der Menschheit inspirierte das Mysterium des Todes die Gemeinschaften zur Entfaltung von Kulturen und viele Einzelne zum konsequenten Gehen geistiger Pilgerreisen.

War also die Todesangst der Motor für das Entstehen der Kulturen und Religionen?

Govinda: Nicht die Angst führte uns auf geistige Wege, sondern die hohe Achtung vor dem Mysterium des Todes. Der Mensch erkannte das Sterben des Individuums früh als *die* große Herausforderung zum Hinauswachsen über das, was wir hier und heute sind. Weit über mich selbst hinaus soll mich mein Weg führen.

Weil die Menschheit das seit ihren Anfängen spürte, pflegten unsere Vorfahren einen ausgeprägten Totenkult. Sie nahmen das Ende des lebendigen Körpers ursprünglich nicht in panischer Furcht wahr, sondern in Ehrfurcht im Sinn von Staunen und höchstem Respekt. Sie spürten im Tod eine einweihende Kraft, die den Menschen zurück in die Tiefen seines Wesens führt und einen Neuanfang ermöglicht.

Ich darf mir so sicher sein, dass der Tod in prähistorischer

Zeit wenig mit Angst und viel mit Achtung vor den innersten Mysterien des Daseins zu tun hatte, weil ich viele Jahre meines Lebens der Erforschung früher Architekturzeugnisse im Westen und im Osten widmete. Es hat mich ungemein beeindruckt, wie Lebende sich in bescheidenen Hütten aus rasch vergänglichen Materialien einrichteten, während sie für ihre Verstorbenen monumentale Häuser aus Stein errichteten, die Jahrtausende überdauerten. Hier wirkte die klare Erkenntnis, dass uns der Tod eine große Verwandlung schenkt und damit einen erneuten Beginn.

Am klarsten formulierte die Menschheit diese Einsichten in den verschiedenen Lehren über die Wiedergeburt, die auch zu einem wichtigen Element des Buddhismus wurden. Der Tod ist nicht das Gegenteil des Lebens und schon gar kein absolutes Ende, wie es bei oberflächlicher Betrachtung erscheint, sondern jedes Wesen pendelt fortwährend zwischen Geburt und Sterben, Neugeburt und neuem Sterben. Es ist ein Weg fortgesetzter Erneuerung.

Warum erinnere ich mich nicht ganz an meine früheren Leben, wenn es sie wirklich gab?

Govinda: Können Sie sich jetzt Ihre Geburt in dieses Dasein in Gedächtnis rufen?

Der Gesprächspartner lacht und schüttelt den Kopf.

Govinda *(lacht)*: Trotzdem sitzen Sie hier. Obwohl Sie sich nicht an Ihre Geburt erinnern, besteht kein Zweifel, dass Sie wirklich geboren wurden. In der Regel vergessen Menschen nicht nur ihre Geburt, sondern sogar schon das, was sie am heutigen Kalendertag vor drei Jahren sagten und taten. Aber diese Dinge sind tatsächlich geschehen und wirken im Leben weiter. Ebenso ist es mit den Ereignissen in früheren Existenzen.

An das alles wäre für ein intensiviertes Bewusstsein die Erinnerung möglich. Doch meist geben Menschen sich mit kleinen Ausschnitten dessen zufrieden, was sie sein könnten, und engen sich auf das ein, was sie im Moment mit dem Begriff »Ich« bezeichnen.

Gerade fragten Sie mich: »Warum erinnere ich mich nicht an meine frühere Leben, wenn es sie wirklich gab?« Solange man denkt, »Ich« will mich an »mein« vormaliges Dasein erinnern, steckt man in genau dieser Beschränkung, die eine solche Erinnerung verhindert.

Nach der Lehre des Buddha wandert nämlich kein

»Ich« von einem Dasein zum nächsten, wie es andere Traditionen Indiens sehen. Diese glauben oft an eine unabhängige und ewige Seele, die nach jedem Tod in eine neue Gestalt schlüpft, ähnlich wie man die Kleider wechselt. Der Buddha wies aber die Vorstellung zurück, Wesen blieben sich von Geburt zu Geburt innerlich gleich und legten nur andere Gewänder an. Ihm galt jedes Wesen als eine Bewegung, deren Gestalt und Richtung sich dynamisch ändert.

Die Existenz, das Bewusstsein jedes Wesens ist ein kontinuierliches Strömen, das man als *Saⵧtāna* bezeichnet. Stets wirkt es auf die Umwelt und andere Wesen ein, wie es selber durch das Umfeld und andere beeinflusst wird. In diesem fortwährenden Austausch ist kein Wesen eine abgeschiedene Insel. Die Wechselbeziehungen lassen niemanden für nur einen Moment denselben bleiben, weder im Lauf eines Lebens noch im Übergang von einem Dasein zum anderen.

»Ich will mich an meine früheren Leben erinnern,« ist darum ein widersinniges Vorhaben. Was sich als »Ich« erfährt, ist ein eng begrenzter Ausschnitt aus dem weiten Strom von einem Dasein zum anderen. Es ist, als erwartete jemand, dass sich in einem kleinen Kochtopf voller Wasser der ganze Himmelsraum spiegelt.

Was wir als »Ich« erfahren, kann nicht zu Erkenntnissen über frühere Existenzen führen. Ganz im Gegenteil muss dieses begrenzte »Ich« losgelassen werden, damit die umfassende Erinnerung eintritt. Auch wenn Sie jetzt krampfhaft versuchen würden sich an die Umstände Ihrer Geburt oder an Ereignisse Ihrer frühesten Kindheit zu erinnern, Ihr augenblickliches »Ich« wird nicht über sich selbst hinausgelangen, und alle Anstrengung nutzt nichts. Erst wer frei von den Beschränkungen des »Ich« wird und ein intensiviertes Bewusstsein erfährt, wie es beim Buddha im Moment seiner Erleuchtung der Fall war, kann in die Zeiten vor dem gegenwärtigen Dasein blicken.

Können hier psychologische Techniken der Rückführung hilfreich sein?

Govinda: Methoden der Rückführung in frühere Leben, wie sie heute in Mode sind, waren nie ein Element des Buddhismus. Obwohl Wiedergeburt und Karma zu seinen essenziellen Lehren zählen, soll seine Praxis vom Haften am Vergangenen befreien. Es gilt, die Chancen der Gegenwart zu erkennen und sich nicht an das zu hängen, was vorüber ist. Ein Schüler des Buddha strebt nicht nach Wissen über frühere Leben, sondern nach dem intensivierten Bewusstsein der Erleuchtung. Dieses erlaubt dann wie bei der Erleuchtung des Buddha den Rückblick auf vormalige Existenzen.

So genannte Rückführungen in einstige Leben sehe ich skeptisch. Ob das tatsächlich mit früheren Biografien zu tun hat, bleibt zweifelhaft. Die vermeintlichen Erinnerungen scheinen mir eher Spiele des schöpferischen Unterbewusstseins zu sein. Wie Träume mögen phantasievolle Reisen in scheinbare Lebensläufe manchmal heilende Effekte haben, aber sie bergen Gefahren. Man erinnert sich in solchen Sitzungen nicht klaren Geistes wie der Buddha bei seiner Erleuchtung, sondern wird von anderen oft über hypnotische Zustände geführt. Da gibt es viel Raum für bewusste oder unbewusste Suggestionen und Manipulationen. Außerdem halten die Spekulationen über Vergangenes und seine Wirkungen auf die Zukunft leicht davon ab, sich mit den wesentlichen Dingen zu beschäftigen. Es geht nämlich hauptsächlich darum, die Chancen zu erkennen, welche die Gegenwart bietet, und diese für eine heilsame Gestaltung der Zukunft ergreifen.

1 Aus dem Buch von Lama Anagarika Govinda: *Weit über mich selbst hinaus. Gespräche über Tantra und Meditation.* Hg. und eingeleitet von Birgit Zotz. München 2017, S. 35 - 42

2 Anguttaranikāya III.36

3 Govinda spielt wahrscheinlich auf folgendes Zitat an: »And we can say that from an evolutive point of view the greatest invention of Nature is death. From then on, progressive evolution always proceeds through transitory individuals and because of them, like a melody born of isolated notes which melt into silence leaving but a memory.« (Pierre Lecomte du Noüy: *Human Destiny.* New York 1947, S. 62)

AUTOREN

STEFFEN ERNST

Steffen Ernst ist seit 2015 Bürgermeister der mittelsächsischen Stadt Waldheim, in der Lama Anagarika Govinda 1898 als Ernst Lothar Hoffmann geboren wurde. Unter Steffen Ernsts Leitung als Bürhgermeister kooperierte die Stadt Waldheim mit der Lama und Li Gotami Govinda Stiftung 2016/17 bei der Ausstellung *Tibets Sachse: Ernst Hoffmann wird Lama Govinda* im Museum Waldheim und 2018 bei der Beisetzung eines Teiles der Asche Lama Govindas in einem Ehrengrab des Friedhofs der Stadt.

FRANÇOIS MAHER PRESLEY

François Maher Presley, in Kuweit geborener deutsch-
syrischer Schriftsteller, Fotograf und Kunstkritiker. Er
veröffentlichte mehr als 50 Bücher, darunter Belletristik
und Sachthemen mit einem Schwerpunkt auf Reiseliteratur. Bekannt wurden unter anderen die Werke *Akwaaba
- Willkommen in Ghana* (2007) *Mystisches Marrakesch.
Leben in einer anderen Zeit* (2013), das *Klostertagebuch*
(2013) und *Islam und Deutschland* (2015). François
Maher Presley ist Vorstandsmitglied der Telemann-
Stiftung, Herausgeber des russisch-israelischen Musikpädagogen Michael Goldstein und zeichnet für mehr als
120 Kunstausstellungen verantwortlich, wobei er sich
zwischen 1990 und 1999 besonders mit der Kunstszene

Norddeutschlands beschäftigte. Die von ihm ins Leben gerufene *François Maher Presley Stiftung für Kunst und Kultur* führt unter anderem junge Menschen an kulturelle Werte heran.

Birgit Zotz

Birgit Zotz, Kulturanthropologin und Tourismuswissenschaftlerin, schloss ihre Studien an den Universitäten in Wien und Linz ab. Schwerpunkte ihrer wissenschaftlichen Arbeit liegen im süd- und zentralasiatischen Raum, bei Themen kultureller Rezeption, des Kulturtransfers, der Mystik und Besessenheit. Bücher u. a.: *Destination Tibet. Touristisches Image zwischen Politik und Klischee* (2010) und *Das Waldviertel – Zwischen Mystik und Klarheit. Das Image einer Region* (2010). Birgit Zotz ist stv. Vorsitzende des Stiftungsrats der Lama und Li Gotami Govinda Stiftung und Herausgeberin von Lama Govindas Buch *Initiation. Vorbereitung, Praxis, Wirkung* (2014). Sie veröffentlichte mehrere Studien zu Lama

Govinda, darunter *»Zwielicht frühester Menschheits-erfahrung«* - *Lama Anagarika Govinda und die Orakel Tibets* (2013) und *Anagarika Govinda: Europäische Romantik und tantrische Initiation* (2016).

Volker Zotz

Volker Zotz, promovierte nach Studien der Philosophie,
Buddhismuskunde, Geschichte und Kunstgeschichte an
der Universität Wien. Habilitation in Religionswissen-
schaft an der Universität des Saarlandes. 1989-1999 war
er in Japan an den Universitäten Ryūkoku und Ōtani in
Kyoto und Risshō in Tokyo (Japan) tätig. Er lehrte Philosophie und Geistesgeschichte an der Universität für
angewandte Kunst in Wien, der Universität Wien und
der Université du Luxembourg. Als Vorsitzender des
Stiftungsrates der Lama und Li Gotami Govinda Stiftung
(München) verwaltet er das geistige und materielle Erbe
Lama Govindas. Unter den Buchveröffentlichungen von
Volker Zotz finden sich: *Geschichte der buddhistischen*

Philosophie (1996), *Auf den glückseligen Inseln. Buddhismus in der deutschen Kultur* (2000), *Der Konfuzianismus* (2015), *Sage etwas oder schweige* (2015), *Mit Buddha das Leben meistern* (15. Aufl. 2016)

DER KREIS

ZEITSCHRIFT DES
ĀRYA MAITREYA MAṆḌALA

DER KREIS erscheint seit 1956 und ist das älteste dem Buddhismus gewidmete Periodikum in deutscher Sprache. Frühere Projekte wie *Buddhistische Welt* (1905-1913) und *Zeitschrift für Buddhismus* (1913-1931) bestanden nur einige Jahre. *Yāna. Zeitschrift für Buddhismus und religiöse Kultur auf buddhistischer Grundlage* kam von 1947 bis 2002 heraus. Von 1976 bis 1993 erschien in Österreich *Bodhi Baum*. Heute gibt es mehrere buddhistische Blätter, die sich dem Stil aktueller Publikumszeitschriften nähern.

Der Kreis sah in sechs Jahrzehnten verwandte Projekte kommen, von denen die meisten bald wieder gingen. Von Anfang an diente *Der Kreis* weder dem Zeitgeist noch einem traditionellen Buddhismus oder anderen Ismen. Anagarika Govinda schrieb dass „dem geistigen Entdeckungsdrang eines schöpferischen Lebens kein Ende gesetzt ist." Diesen Geist der Offenheit gab er der Zeitschrift mit auf den Weg.

www.lama-govinda.de • sekretariat@lama-govinda.de

Lama und Li Gotami
Govinda Stiftung

Unsere gemeinnützige Stiftung:

betreut das literarische und künstlerische Erbe Anagarika Govindas und seiner Frau Li Gotami durch Verwaltung der Urheberrechte ihrer Werke sowie des Nachlasses an künstlerischen Werken und Ergebnissen ihrer Tibet-Expeditionen. Die Stiftung entwickelt die vielfältigen geistigen Impulse, die von Lama und Li Gotami ausgingen. Dies geschah seit der Gründung:

- **kulturell** u.a. durch Ausstellungen in Museen und die Herausgabe von Büchern und Zeitschriften, die dem Brückenschlag zwischen Asien und Europa gewidmet sind

- **sozial** u. a. durch Förderung von Hilfs- und Bildungsprojekten für Tibeter in Indien und das Bereitstellen von Studienmaterial für Strafgefangene

- **wissenschaftlich** u. a. durch Förderung von Forschungsprojekten zu Themen des Buddhismus, der Kunst, Kultur und Philosophie sowie der Begegnung Asiens und Europas.

Die Stiftung arbeitet eng mit dem **Anagarika Govinda Institut** in Österreich zusammen, mit dem sie umfangreiche Archive und Sammlungen unterhält.

www.lama-govinda.de • sekretariat@lama-govinda.de

Lama und Li Gotami
Govinda Stiftung

Weitere Information: **www.lama-govinda.de**
Kontakt: **sekretariat@lama-govinda.de**

Die Stiftung kann durch Spenden einmalig oder
regelmäßig unterstützt werden sowie durch
Zustiftungen, die ihr Wirken langfristig sichern.

Die Stiftung bürgerlichen Rechts mit Sitz in München
ist als gemeinnützig anerkannt, weshalb Zuwendungen
in Deutschland steuerlich absetzbar sind. Ihre
Arbeit unterliegt der Kontrolle der staatlichen
Stiftungsaufsicht.

Anagarika Govinda
Institute of Buddhist Studies

高　文　大

**Anagarika Govinda
Institut für buddhistische Studien**

Das Institut dient der wissenschaftlichen Erforschung und dem Studium der philosophischen, religiösen und kulturellen Aspekte des Buddhismus, wobei Traditionen Asiens und die Buddhismus-Rezeption im Abendland berücksichtigt werden.

Zudem widmet sich das Institut der Untersuchung und Dokumentation des Lebens und Gesamtwerks von Lama Anagarika Govinda (1898-1985), dessen Wirken die Gründung des Instituts inspirierte und dessen umfangreicher Nachlass in Räumen des Instituts archiviert ist. Das Institut arbeitet eng mit der Lama und Li Gotami Govinda Stiftung (München) zusammen.

Im Logo des Instituts finden sich die chinesischen Schriftzeichen 高文大 (Gao-Wen-Da). So gab Taixu (1890-1947), ein bedeutender buddhistischer Meister der chinesischen Moderne, Anagarika Govindas Namen wieder.

Informationen über Forschungs- und Studienprogramme des Instituts:
lama-govinda.de/content/institut.htm

Anagarika Govinda Institut
Hochegger Straße 43
2840 Grimmenstein, Österreich

Edition Habermann

Tibets Sachse, ein Buch das zur gleichnamigen Ausstellung in Waldheim erschien, eignet sich zur Orientierung über Lama Govindas Wirken und bietet darüber hinaus dem Kenner bislang Unbekanntes und Unveröffentlichtes. Die Herausgeberin beschreibt in einem Beitrag das Leben Govindas vom Sohn eines sächsischen Zigarrenfabrikanten zum weit beachteten Besteller-Autor und Künstler. Peter van Ham widmet sich den durch das Buch *Der Weg der weißen Wolken* legendären Reisen Govindas nach West-Tibet.

TIBETS SACHSE.
ERNST HOFFMANN WIRD
LAMA GOVINDA

Hg. Birgit Zotz
Edition Habermann 2016

ISBN: Hardcover 978-3-96025-006-7
Paperback   978-3-96025-007-4
e-Book   978-3-96025-008-1

Edition Habermann | www.lama-govinda.de

Edition Habermann

TÓTILA ALBERT

MERK WÜRDIGE SACHEN

Ausgewählt und eingeleitet von
Lama Anagarika Govinda

Herausgegeben von
Volker Zotz

Edition Habermann

Lama Govinda schätzte Tótila Albert auch wegen seiner „musikalischen Diktate" als bedeutenden Mystiker der Neuzeit. Er wählte nachgelassene Texte des chilenischen Bildhauers aus und versah sie mit einer Einführung. Durch äußere Umstände erschien das Buch zu Govindas Lebzeiten nicht.

Tótila Albert

MERKWÜRDIGE SACHEN

ausgewählt und eingeleitet von
Lama Anagarika Govinda

Hg. Volker Zotz
Edition Habermann 2021
ISBN: Hardcover 978-3-96025-001-2
Paperback 978-3-96025-000-5
e-Book 978-3-96025-002-9

Edition Habermann

Benedikt Maria Trappen lässt den Leser an seinem geistigen Weg teilhaben, wobei er ihn durch zahlreiche scharf konturierte Aphorismen auf wesentliche Fragen der Existenz stößt, wie „Wer bin ich?". In diesem Sinn bietet das Werk eine starke Einladung zur Selbsterkenntnis. Für den Philosophen Jochen Kirchhoff, der die Einführung verfasste, re-gen Trappens Notate „zum radikalen Selberdenken, Selbermeditieren, überhaupt zum Selbst-Sein im tiefsten Sinn" an.

Benedikt Maria Trappen
DER HIMMEL IST AUCH
DIE ANDERE ERDE.
AUS TAGEBÜCHERN UND
BRIEFEN

Vorwort: Jochen Kirchhoff
Edition Habermann 2016

ISBN: Hardcover 978-3-96025-003-6
Paperback   978-3-96025-004-3
e-Book   978-3-96025-005-0

Leitmotive des
Ārya Maitreya Mandala

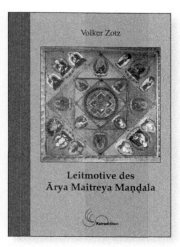

Diese Schrift stellt wesentliche Elemente des Arya Maitreya Mandala dar, etwa den Mythos des künftigen Buddha Maitreya und die Philosophie des Tantra. Dabei werden Absichten und Visionen Anagarika Govindas für seine Gründung deutlich.

Der Philosoph und Religionswissenschaftler Volker Zotz, ein Schüler Lama Anagarika Govindas, ist seit 2015 Leiter des Ārya Maitreya Mandala.

Volker Zotz
**Leitmotive des Ārya
Maitreya Mandala**
Kairos Edition 2013
ISBN 978-2-919771-06-0-6
42 Seiten | Preis: € 6,00

erhältlich bei:
**Lama und Li Gotami
Govinda Stiftung**
sekretariat@lama-govinda.de

Kairos Edition
104, rue de Strasbourg L-2560 Luxembourg
Tel / Fax +352 26259415 | www.kairos.lu | info@kairos.lu